# Khalil Gibran

# REBELLISCHE GEISTER

## Erzählungen

Khalil Gibran

# REBELLISCHE GEISTER

Erzählungen

Bibliografische Information der Deutschen Nationalbibliothek: Die Deutsche Nationalbibliothek verzeichnet diese Publikation in der Deutschen Nationalbibliografie; detaillierte bibliografische Daten sind im Internet über http://dnb.dnb.de abrufbar.



© 2025 aionas verlag
Khalil Gibran • Rebellische Geister
Übersetzung: Alexander Varell

aionas Verlag, Böhlaustraße 9, 99423 Weimar
Druck: Libri Plureos GmbH, Friedensallee 273, 22763 Hamburg
ISBN: 978-3-96545-092-9

# INHALT


Madame Rose Hanie .............................................. 7

Der Schrei der Gräber ........................................ 29

Khalil der Ketzer ................................................ 40

Nachwort .......................................................... 91

# MADAME ROSE HANIE

## I

Elend ist der Mann, der eine Frau liebt, sie zur Frau nimmt, ihr den Schweiß seiner Haut, das Blut seines Körpers, das Leben seines Herzens zu Füßen legt – und ihr die Früchte seiner Mühe, den Ertrag seines Fleißes in die Hände gibt. Doch wenn er langsam erwacht, erkennt er, dass das Herz, das er zu gewinnen suchte, längst einem anderen gehört – freiwillig, aufrichtig, mit ganzer Seele. Einem anderen, dem es seine tiefste Liebe schenkt, dem es seine verborgensten Geheimnisse offenbart.

Elend ist die Frau, die aus der Unachtsamkeit und Ruhelosigkeit der Jugend erwacht und sich an der Seite eines Mannes wiederfindet, der sie mit Gold überschüttet, mit kostbaren Geschenken umwirbt, sie mit den Ehren verschwenderischer Feste umgibt – doch nicht vermag, ihre Seele mit jenem göttlichen Wein zu nähren, den Gott aus den Augen eines geliebten Mannes in das Herz einer Frau gießt.

Ich kannte Rashid Bey Namaan seit meiner Jugend. Ein Libanese, geboren und aufgewachsen in Beirut. Er entstammte einer alten, wohlhabenden Familie, die

Tradition und Ruhm der Vorfahren mit Stolz bewahrte. Rashid erzählte gern Geschichten, in denen sich das Echo seines Erbes spiegelte, Erzählungen über Adel und Ehre, über Namen, die von vergangenen Zeiten leuchteten. Und so folgte er in seinem Leben den Bräuchen und Überzeugungen, die seine Familie ihm hinterlassen hatte, den Regeln, die einst den Nahen Osten prägten.

Rashid Bey Namaan war großzügig, von gutem Herzen. Doch wie viele seiner Landsleute sah er nur, was glänzte, nicht, was wahrhaft war. Er hörte nicht auf die Stimme seines Herzens, sondern gehorchte dem, was die Welt ihm zurief. Er ließ sich von schimmernden Dingen verführen, die seine Augen blendeten und sein Herz für die Geheimnisse des Lebens verschlossen. Seine Seele war abgelenkt von den Gesetzen der Natur und wandte sich der flüchtigen Lust zu. Ein Mann, der rasch liebte, rasch hasste – und oft zu spät bereute. Doch wenn er dann den Preis seiner Unbedachtheit zahlte, empfing ihn nicht Mitleid, nicht Strafe – nur Spott, nur Scham.

Diese Unrast trieb ihn dazu, Rose Hanie zu heiraten, lange bevor ihre Seele sich der seinen öffnete, lange bevor die Liebe sie in jenes sanfte Licht hüllte, das zwei Menschen in ein Paradies verwandelt.

Nach Jahren der Abwesenheit kehrte ich zurück nach Beirut. Ich suchte Rashid Bey Namaan auf – und fand ihn blass, ausgemergelt. In seinem Gesicht lag das fahle Echo einer bitteren Enttäuschung. In seinen Augen schwammen Schatten, die einst ein gebrochenes Herz wirft. Sein Körper war schwach, seine Seele müde. Ich zögerte nicht, ihn zu fragen:

„Was ist aus dir geworden, Rashid? Wo ist das strahlende Lächeln geblieben, das dich all die Jahre begleitet hat? Hat der Tod dir einen geliebten Menschen genommen? Oder haben die schwarzen Nächte dir das Gold geraubt, das du am hellen Tage angehäuft hast? Sag mir, im Namen der Freundschaft – was hat diese Traurigkeit in dein Herz gepflanzt, was hat deinen Körper so geschwächt?"

Er sah mich an – als hätte meine Frage Erinnerungen geweckt, die er tief begraben wollte. Mit stockender Stimme, schwer vor Kummer, sprach er:

„Verliert ein Mensch einen Freund, trösten ihn die anderen Freunde um ihn herum. Verliert er sein Gold, denkt er nach, hadert, aber vertreibt schließlich das Unglück aus seinem Geist – solange er gesund ist, solange sein Ehrgeiz noch brennt. Doch wenn ein Mensch den Frieden seines Herzens verliert – wo findet er Trost? Wodurch kann er ihn ersetzen? Welche Kraft kann ihn beherrschen?

Wenn der Tod dich trifft, wirst du leiden. Doch die Zeit verstreicht, und irgendwann spürst du wieder die sanfte Berührung des Lebens, dann wirst du lächeln, dann wirst du dich freuen.

Doch das Schicksal kommt unerwartet. Es bringt Sorge mit sich, es starrt dich an mit finsteren Augen, packt dich mit eiskalten Fingern an der Kehle, wirft dich nieder, trampelt auf dir herum. Und dann lacht es und geht weiter. Doch irgendwann hält es inne, blickt zurück, bereut, streckt die Hand aus, hebt dich auf, singt dir das Lied der Hoffnung – und für einen Moment vergisst du den Schmerz. Für einen Moment kehrt die Zuversicht zurück.

Wenn dein Schicksal ein Vogel ist, ein wunderschöner Vogel, den du mit all deiner Liebe fütterst, dem du dein

Herz zum Käfig machst, deine Seele zum Nest – und er fliegt fort, hoch in den Himmel, um in einen anderen Käfig einzuziehen, nie wieder zu dir zurückzukehren… Was bleibt dir dann? Wo findest du Geduld? Wie erweckst du Hoffnung, wenn sie erloschen ist? Welche Kraft kann das aufgewühlte Herz beruhigen?"

Nachdem er diese Worte mit erstickter Stimme und einem Geist voller Qual gesprochen hatte, stand Rashid Bey Namaan zitternd da, wie ein Schilfrohr, das vom Nord und Südwind gepeitscht wird. Seine Hände zuckten, als wollten seine gekrümmten Finger etwas greifen – etwas zerschmettern, das unsichtbar vor ihm lag. Sein faltiges Gesicht schimmerte bläulich, seine Augen weiteten sich, als ob er eine schattenhafte Gestalt erblickte, einen Dämon, der aus dem Nichts kam, um ihn heimzusuchen. Doch dann traf sein Blick den meinen, und mit einem Mal wandelte sich sein Ausdruck. Sein Zorn, der ihn eben noch durchdrang, zerfloss in tiefen Schmerz, in eine unerträgliche, hoffnungslose Trauer.

Er stieß einen Schrei aus, rau und voller Bitterkeit:

„Es ist die Frau, die ich aus den tödlichen Klauen der Armut gerettet habe! Ich öffnete ihr meine Schatzkammer, kleidete sie in Seide und Gold, ließ sie unter den Frauen leuchten wie ein Juwel, das alle neidisch macht. Ich schenkte ihr prächtige Kutschen, gezogen von feurigen Pferden, gab ihr alles, was ein Herz sich wünschen kann. Sie war die Frau, die mein Herz begehrte, der ich mit aufrichtigem Geist und treuer Hand diente. Und doch war sie es, die mich verriet.

Sie verließ mich – für einen anderen, um mit ihm das Elend zu teilen, sein böses Brot zu essen, geknetet mit Scham, getränkt mit Schande. Die Frau, die ich liebte, der schöne Vogel, den ich nährte, dem ich mein Herz zum Käfig machte, meine Seele zum Nest – sie ist mir entflogen und hat sich in einen anderen Käfig gesetzt.

Und nun erscheint sie mir nicht mehr als jener sanfte Engel, den ich einst kannte. Nein! Jetzt sehe ich nur noch einen Dämon, der in die tiefste Finsternis hinabgestiegen ist, um für ihre Sünden zu büßen – und mich, mich auf Erden für ihr Verbrechen leiden zu lassen."

Er barg sein Gesicht in den Händen, als wolle er sich selbst verbergen, sich vor dem Schmerz verstecken, der ihn von innen zerriss. Einen Moment lang herrschte Schweigen. Dann, mit einem langen, schweren Seufzer, sagte er leise:

„Das ist alles, was ich dir sagen kann. Bitte frage nicht weiter. Mach aus meinem Unglück keinen Aufschrei. Lass es ein stilles Unglück sein – vielleicht wächst es in der Stille so sehr, dass es mich schließlich abstumpft. Vielleicht finde ich dann endlich Ruhe."

Ich erhob mich, meine Augen feucht, mein Herz schwer vor Mitleid. Ich verabschiedete mich schweigend. Keine Worte konnten sein verwundetes Herz trösten, keine Weisheit dieser Welt eine Fackel entzünden, die das Dunkel in seiner Seele erhellen konnte.

## II

Ein paar Tage später traf ich Madame Rose Hanie zum ersten Mal – in einer einfachen Hütte, umgeben von Blumen und Bäumen. Ich wusste von ihr nur durch Rashid Bey Namaan, den Mann, dessen Herz sie gebrochen, dessen Liebe sie zertreten und den sie den erbarmungslosen Hufen des Schicksals ausgeliefert hatte.

Doch als ich in ihre klaren, leuchtenden Augen blickte und ihre aufrichtige Stimme hörte, fragte ich mich: Kann dies wirklich die Frau sein, die man eine Verräterin nennt? Kann dieses sanfte, strahlende Gesicht eine hässliche Seele verbergen, ein Herz, das zur Grausamkeit fähig ist? Ist dies die Ehebrecherin, die Untreue, die Schlange, die ich mir in der Gestalt eines schönen Vogels vorgestellt habe? Und wieder flüsterte es in mir: Ist es wirklich dieses Antlitz, das Rashid Bey Namaan ins Unglück stürzte? Haben wir nicht oft gehört, dass Schönheit trügerisch ist – dass sie zugleich das Licht der Sehnsucht und den Schatten des Schmerzes wirft? Ist nicht der glänzende Mond, der die Dichter inspiriert, derselbe, der mit seinem kalten Licht die See erzürnt, bis sie tobt und bricht?

Als wir uns setzten, schien Madame Rose Hanie meine Gedanken gelesen zu haben. Sie wollte keinen Zweifel in mir wachsen lassen. Sie stützte ihr schönes Haupt in ihre Hände, ihre Stimme – sanft wie der Klang einer Leier – füllte den Raum:

„Ich habe Sie nie getroffen, doch ich kenne Sie aus den Worten der Menschen. Ich weiß, dass Sie barmherzig sind, dass Sie Verständnis haben für Frauen, die unterdrückt wurden, deren Herzen sich nach Freiheit sehnten. Lassen Sie mich Ihnen mein Herz öffnen, damit Sie erkennen, dass Rose Hanie niemals eine untreue Frau war.

Ich war kaum achtzehn, als das Schicksal mich Rashid Bey Namaan zuführte. Er war vierzig. Er verliebte sich – so sagten die Menschen – in mich. Und so nahm er mich zur Frau, brachte mich in sein prächtiges Haus, kleidete mich in Seide, schmückte mich mit Edelsteinen. Er führte mich in die Häuser seiner Freunde und Verwandten wie eine seltene Kostbarkeit. Ich sah, wie er triumphierte, wenn er ihre staunenden Blicke bemerkte, wie er sein Kinn hob, wenn die Damen von mir sprachen, voller Lob, voller Bewunderung. Doch er hörte nicht das Flüstern hinter vorgehaltener Hand:

Ist dies die Frau von Rashid Bey Namaan – oder seine Adoptivtochter?

Und ein anderer lachte leise:

Hätte er in seiner Jugend geheiratet, wäre sein Erstgeborener jetzt älter als Rose Hanie.

All das geschah, bevor meine Seele aus der tiefen Ohnmacht der Jugend erwachte. Bevor Gott in meinem Herzen das Feuer der wahren Liebe entfachte. Bevor die Samen der Zuneigung in mir keimten. Ja, all das geschah in jener Zeit, in der ich noch glaubte, dass wahres Glück in schönen Kleidern, in prächtigen Villen liegt.

Doch als ich aus dem Schlummer der Kindheit erwachte, fühlte ich eine Glut in meinem Herzen brennen, einen Hunger, der an meiner Seele nagte und mich leiden ließ. Ich spürte, wie meine Flügel sich regten, als wollten sie aufsteigen in das weite Firmament der Liebe – doch ich zitterte und fiel zurück, gefesselt von den unsichtbaren Ketten eines Gesetzes, das mich an einen Mann band, bevor ich die wahre Bedeutung dieser Bindung kannte.

Und so erkannte ich, dass das Glück einer Frau nicht in Ruhm und Ehre liegt, nicht in der Großzügigkeit oder Zuneigung eines Mannes – sondern in der Liebe. In einer Liebe, die zwei Herzen vereint, die sie zu einem Atemzug des Lebens macht, zu einem Wort auf den Lippen Gottes.

Als sich mir diese Wahrheit offenbarte, fand ich mich eingesperrt im goldenen Käfig der Villa von Rashid Bey Namaan. Ich war wie ein Dieb, der sich in den dunklen Winkeln der Nacht versteckt, mit einem Brot, das nicht das seine ist. Jede Stunde, die ich mit ihm verbrachte, wurde zur Lüge – eine Lüge, die mit feurigen Buchstaben auf meine Stirn geschrieben stand, sichtbar vor Himmel und Erde.

Ich konnte ihm meine Liebe nicht als Gegenleistung für seine Großzügigkeit schenken. Ich versuchte es – oh, ich versuchte es so sehr. Doch Liebe ist eine Macht, die unsere Herzen formt, während unsere Herzen diese Macht nicht erschaffen können.

Und so betete ich. Nächtelang flehte ich zu Gott, er möge in mir eine Brücke schlagen, eine spirituelle Bindung weben zwischen mir und dem Mann, der für mich als Lebensgefährte bestimmt worden war…"

Meine Gebete blieben unerhört, denn Liebe steigt nicht auf Bitten herab, nicht durch das Flehen eines Einzelnen – sie ist der Wille Gottes, der sich in unsere Seelen senkt. So blieb ich zwei Jahre im Haus dieses Mannes und beneidete die Vögel auf dem Feld um ihre Freiheit, während meine Freunde mich um die goldenen Ketten beneideten, die mich in Schmerz und Ohnmacht hielten. Ich war wie eine Mutter, die von ihrem einzigen Kind getrennt wurde, wie ein Herz, das ohne Anker durch die Zeit trieb, wie ein Opfer, das unter der Härte menschlicher Gesetze verblutete. Ich verdorrte vor Durst, verhungerte nach Leben, während meine Seele in der Kälte der Leere erstarrte.

Dann, an einem düsteren Tag, als der Himmel schwer auf mir lastete, sah ich ein sanftes Licht – es strömte aus den Augen eines Mannes, der einsam seinen Weg durch das Leben ging. Ich schloss meine Augen vor diesem Licht und sprach zu mir selbst: Oh, meine Seele, die Dunkelheit des Grabes ist dein Los – sei nicht gierig nach dem Licht. Doch ich hörte eine Melodie, rein und sanft, herabfließen wie Wasser aus himmlischen Höhen. Sie drang in mein verwundetes Herz, weckte es mit ihrer Reinheit, und doch verschloss ich meine Ohren: Oh, meine Seele, der Schrei des Abgrunds ist dein Schicksal – sei nicht gierig nach den Liedern des Himmels.

Ich versuchte, mich der Stimme zu entziehen, verschloss meine Sinne – doch selbst mit geschlossenen Augen sah ich noch das sanfte Leuchten, selbst mit tauben Ohren hörte ich noch den fernen Klang. Zum ersten Mal ergriff mich Angst, jene Angst, die ein Bettler spürt, wenn er vor dem Palast des Emirs ein kostbares Juwel entdeckt – zu verängstigt, es aufzuheben, zu arm, es zurückzulassen. Ich weinte – den Schrei einer Seele, die in der Wüste einen klaren Bach sieht, doch nicht wagt, daraus zu trinken, weil sie von wilden Tieren umzingelt ist.

Sie wandte den Blick ab, als hätte die Erinnerung an ihre Vergangenheit sie mit Scham erfüllt, doch ihre Stimme führte die Wahrheit weiter:

„Die, die in die Ewigkeit gehen, ohne die Süße des wahren Lebens zu kosten, können das Leiden einer Frau nicht verstehen. Besonders nicht, wenn sie ihre Seele einem Mann schenkt, den sie durch Gottes Willen liebt, während ihr Körper einem anderen gehört, den irdische Gesetze ihr aufzwangen. Es ist eine Tragödie, geschrieben in Blut und Tränen, die ein Mann mit Gleichgültigkeit liest – denn er versteht sie nicht. Und wenn er sie versteht, lacht er in Verachtung, spottet über ihr Leid. Doch sein Spott brennt wie Feuer in ihrem Herzen.

Es ist ein Drama, das jede Nacht in der Dunkelheit einer Seele aufgeführt wird – einer Seele, die an einen Mann gebunden ist, den sie als Ehemann kennenlernte, bevor sie erkannte, was Ehe wirklich bedeutet. Eine Seele, die sich nach dem Mann verzehrt, den sie mit jeder Faser reiner Liebe anbetet, die nach ihm greift, ihn aber nicht berühren darf. Es ist eine Qual, geboren aus der Schwäche einer Frau und der unbarmherzigen Stärke eines Mannes. Und diese Qual wird nicht enden, solange die Tage der Unterwerfung nicht vergangen sind, solange die Starken die Schwachen unterdrücken und Ketten um ihre Herzen legen.

Es ist ein Krieg – ein grausamer Kampf zwischen den toten Gesetzen der Menschen und den heiligen Gesetzen des Herzens. Auf diesem Schlachtfeld lag ich gestern, zerrissen, verzweifelt. Doch ich sammelte die Trümmer meiner Kraft, löste mich aus den Ketten der Furcht, befreite meine Flügel von der Schwäche – und stieg empor, hinaus in den Himmel der Liebe, in die Weite der Freiheit."

Sie hob das Kinn, ihre Augen funkelten, als spräche sie zu sich selbst, dann fuhr sie fort:

„Heute bin ich eins mit dem Mann, den ich liebe. Er und ich – wir wurden gemeinsam aus der Hand Gottes geboren, ehe die Welt bestand. Und es gibt keine Macht unter der Sonne, die uns dieses Glück nehmen kann, denn es entspringt zwei vereinten Seelen, geformt aus Verständnis, entzündet in Liebe, behütet vom Himmel."

Sie sah mich an, bohrte ihren Blick in mein Herz, als wolle sie in meinen Gedanken lesen, als wolle sie den Widerhall ihrer Worte in mir entdecken. Doch ich schwieg.

Und so sprach sie weiter, ihre Stimme getränkt von der Bitterkeit vergangener Qual, von der Süße aufrichtiger Freiheit:

„Die Menschen werden dir erzählen, dass Rose Hanie eine Ketzerin ist, eine Ehebrecherin, eine Verlorene, die ihren Gelüsten folgte. Sie werden sagen, sie habe den

Mann verraten, der sie aufnahm, sie mit seiner Großzügigkeit überschüttete und sie zur Pracht seines Hauses machte. Sie werden sie eine Dirne nennen, die den Kranz der heiligen Ehe zerriss und ihn durch ein Band aus den Dornen der Hölle ersetzte.

Sie werden sagen, sie legte das Gewand der Tugend ab, hüllte sich in den Mantel der Sünde. Und sie werden noch mehr sagen – denn die Geister ihrer Väter flüstern noch immer in ihren Herzen.

Doch was wissen sie?

Sie sind wie leere Höhlen in den Bergen, aus denen Echos hallen, deren Sinn niemand versteht. Sie kennen weder die Gesetze Gottes noch die wahre Absicht des Glaubens. Sie blicken nur auf die Oberfläche der Dinge, ohne ihr Geheimnis zu ergründen.

Sie richten, ohne zu wissen. Sie verurteilen, ohne zu verstehen. Sie vermengen Sünde mit Unschuld, Licht mit Dunkelheit, das Gute mit dem Bösen.

Wehe denen, die Menschen verdammen und verfolgen…

In Gottes Augen war ich eine Ehebrecherin, als ich im Haus von Rashid Bey Namaan lebte – nicht, weil ich seine Liebe betrog, sondern weil ich seinen Namen trug, ohne dass unser Bund aus der wahren Essenz der Liebe erwachsen war. Er nahm mich nach den Gesetzen der Menschen zu seiner Frau, doch der Himmel hatte ihn mir nicht nach den Gesetzen der Seele gegeben. Ich sündigte, als ich sein Brot aß und ihm meinen Körper als Dank für seine Großzügigkeit überließ.

Aber jetzt bin ich rein. Jetzt bin ich frei. Das Gesetz der Liebe hat mich erlöst, hat mich aus der Kette der Heuchelei befreit und mich wahrhaft treu gemacht. Ich verkaufe meinen Körper nicht mehr für ein Dach über dem

Kopf. Ich verkaufe meine Tage nicht mehr für kostbare Kleider. Ja, in den Augen der Welt war ich damals eine ehrenhafte Ehefrau – und doch war ich in Wahrheit eine Sünderin. Heute bin ich rein und edel im Geist, doch in ihren Augen bin ich befleckt. Denn sie messen die Seele am Schatten des Körpers und den Geist an der Oberfläche der Materie."

Sie wandte sich dem Fenster zu, hob ihre rechte Hand und deutete auf die Stadt, als sähe sie zwischen den steinernen Fassaden den Geist der Korruption und den Schatten der Schande weben. Mit einer Stimme, die Mitgefühl und Verachtung zugleich trug, sagte sie:

„Sieh dir diese prächtigen Villen an, diese stolzen Paläste, hinter deren Fassaden Heuchelei thront. In diesen Häusern mit ihren kunstvoll verzierten Wänden wohnt der Verrat, verborgen unter dem Mantel des Wohlstands. Unter goldenen Decken atmet die Lüge neben der Anmaßung. Diese Bauwerke, die Glück, Ruhm und Macht verkörpern sollen, sind nichts als Gräber, verputzt und geschmückt, doch in ihrem Inneren gefüllt mit Elend und Schmerz.

Hinter diesen Fenstern verbirgt sich die Schwäche der Frau, die mit falschen Versprechen gefangen wurde. In diesen Hallen herrscht die Gier des Mannes, der über Gold und Silber gebietet und sich für allmächtig hält. Würden diese Paläste den Geruch von Betrug, Hass und Verderbnis wahrnehmen – sie würden bersten, in sich zusammenfallen und als Trümmer in den Staub sinken.

Doch sie stehen, stolz und erhaben, während der arme Mann aus dem Dorf von unten zu ihnen aufblickt, mit Tränen in den Augen. Und wenn er erkennt, dass diese Mauern voller Kälte sind, dass in ihnen kein Tropfen reiner Liebe lebt, kehrt er lächelnd auf sein Feld zurück – denn sein bescheidenes Heim ist reicher an Glück als alle diese steinernen Käfige."

Sie ergriff meine Hand, zog mich zum Fenster und sagte: „Komm, ich werde dir die verborgenen Wahrheiten zeigen, die ich kannte, doch deren Pfad ich nicht beschreiten wollte.

Sieh diesen Palast mit seinen gewaltigen Säulen. Dort lebt ein reicher Mann, der sein Gold nicht verdient, sondern geerbt hat. Er führte ein Leben in Schmutz und Verwesung, bis er schließlich eine Frau heiratete, über die er nichts wusste – außer, dass ihr Vater ein einflussreicher Würdenträger war. Doch kaum war die Hochzeitsreise vorüber, ekelte er sich vor ihr. Er wandte sich ab und suchte Trost in den Armen von Frauen, die ihre Körper für ein paar Silberstücke verkaufen. Seine Frau aber blieb zurück, allein in diesem Palast, wie eine leere Flasche, die ein Betrunkener achtlos in die Ecke warf.

Sie weinte, litt – doch als sie erkannte, dass ihre Tränen wertvoller waren als der Mann, den sie geheiratet hatte, ließ sie sie versiegen. Jetzt schenkt sie ihre Liebe einem jungen Mann, der ihr Herz mit aufrichtiger Zuneigung erfüllt, ihm widmet sie ihre besten Stunden."

Sie deutete auf ein weiteres Anwesen, eingebettet in blühende Gärten.

„Dieses Haus gehört einem Mann aus altem Adel. Seine Familie herrschte einst über das Land, doch mit den Generationen verging ihr Glanz. Er erbte den Namen, aber nicht die Tugend. Vor einigen Jahren nahm er sich eine Frau – nicht aus Liebe, sondern aus Not. Sie war hässlich, aber reich. Er ertrug sie, bis er ihr Vermögen in seinen Händen hielt – dann vergaß er sie.

Jetzt widmet er sein Leben einer anderen, einer jüngeren, schöneren Frau. Und seine Frau? Sie verbringt ihre Tage damit, ihr Haar zu locken, ihre Lippen zu schminken, sich in teure Stoffe zu hüllen und ihren Körper mit den süßesten Düften zu umhüllen – in der Hoffnung, dass ein junger Mann sie eines Tages anlächelt. Doch ihre Hoffnungen zerbrechen an ihrem eigenen Spiegelbild. Niemand kommt. Niemand sieht sie. Ihr einziges Lächeln ist das, das sie sich selbst vor dem Glas schenkt."

Schließlich zeigte sie auf ein großes Herrenhaus, umgeben von Marmorstatuen.

„Dort wohnt eine schöne Frau – mit einem seltsamen Herzen. Als ihr erster Mann starb, hinterließ er ihr Reichtum, Ländereien, Macht. Doch der Reichtum allein genügte ihr nicht. Sie wählte sich einen zweiten Mann, schwach an Geist, zerbrechlich an Körper – nicht aus Liebe, sondern als Schutzschild. Er war nichts weiter als ein Name, der sie vor den Blicken der Welt schützte.

Jetzt lebt sie unter ihren Bewunderern wie eine Biene, die die süßesten und köstlichsten Blüten kostet – doch nie bei einer verweilt."

Das prachtvolle Haus nebenan wurde von einem der größten Architekten der Provinz errichtet – doch hinter seiner kunstvollen Fassade verbirgt sich eine düstere Wahrheit. Es gehört einem reichen Mann, gierig und unerbittlich, der seine Tage damit verbringt, Gold zu horten und die Schwachen unter seinem Willen zu beugen.

Seine Frau, von seltener Schönheit, sowohl in Geist als auch in Gestalt, ist wie so viele andere ein Opfer einer frühen Heirat. Ihr Vater beging ein Verbrechen, als er sie verschenkte, bevor sie das Alter des Verstehens erreichte, bevor sie wusste, was es heißt zu lieben und geliebt zu werden. So legte er ihr das Joch einer Ehe auf, die von Kälte und Gier vergiftet war.

Jetzt ist sie nur noch ein Schatten ihrer selbst – blass, dünn, gefangen in einem Leben ohne Wärme. Sie hat kein Ventil für die Zuneigung, die in ihr eingeschlossen ist, keinen Raum für die Sehnsucht, die an ihr zehrt. Sie sinkt langsam in sich zusammen, Tag für Tag, ihr einziges Verlangen der Tod, der sie endlich aus dieser Sklaverei befreien möge. Doch ihr Mann, blind vor Ehrgeiz, sieht sie nur als Enttäuschung, als Fehler seines Schicksals, weil sie ihm keinen Sohn gebar, der seinen Namen weiterträgt und sein Vermögen erbt.

Dort, inmitten der Obstgärten, lebt ein Dichter – ein Mann, der mit Worten die Sterne berührt. Doch seine Seele findet kein Echo im Herzen der Frau, die an seiner Seite steht. Sie lacht über seine Verse, verspottet seine Gedanken, weil sie sie nicht versteht. Sein Geist erhebt sich in andere Höhen, doch sie zieht ihn hinab, zurück in eine Welt, die ihm nicht gehört.

In seiner Verzweiflung suchte er Trost – und fand ihn in der Liebe einer verheirateten Frau. Sie verstand ihn, spürte die Glut seiner Worte, entzündete in ihm die Fackel der Inspiration. Durch ihren Charme, durch ihre Schönheit offenbarte sie ihm die tiefsten und ewigsten Verse, jene, die die Zeit überdauern."

Für einige Augenblicke schwieg Madame Hanie. Sie ließ sich auf das Sofa am Fenster sinken, als wäre sie müde vom Umherwandern in den Räumen der Vergangenheit. Dann sprach sie langsam weiter:

„Dies sind die Häuser, in denen ich mich weigerte zu leben. Dies sind die Gräber, in denen ich einst geistig begraben lag. Die Menschen, von denen ich mich losgerissen habe, sind jene, die vom Körper angezogen und vom Geist abgestoßen werden. Sie wissen nichts von wahrer Liebe, nichts von wahrer Schönheit.

Doch ich urteile nicht – denn einst war ich eine von ihnen. Ich hasse sie nicht, aber ich verachte ihre Ergebenheit an Lüge und Schwäche. Ich erzähle dir all dies nicht aus Bitterkeit, sondern damit du verstehst, was ich hinter mir ließ. Damit du siehst, dass es jene sind, die mich verfluchen, die nichts anderes tun, als das Böse zu preisen, weil es ihnen vertraut ist. Sie hassen mich nicht, weil ich ihnen Unrecht tat – sie hassen mich, weil ich mich von ihnen befreite.

Doch ihre Stimmen berühren mich nicht. Ich trat aus ihrem dunklen Kerker hervor und richtete meinen Blick auf das Licht, auf die Sphären, in denen Aufrichtigkeit, Wahrheit und Gerechtigkeit regieren. Sie haben mich aus ihrer Gesellschaft verbannt – und ich bin dankbar. Denn die Menschheit verbannt nur jene, deren Geist sich gegen Despotismus und Unterdrückung auflehnt.

Wer das Exil nicht der Sklaverei vorzieht, ist nicht frei – nicht in seinem Geist, nicht in seiner Wahrheit, nicht in seinem Herzen.“

Sie erhob sich, ihre Augen funkelten im Halbdunkel des Raumes.

„Gestern war ich für Rashid Bey Namaan wie ein Tablett mit köstlichen Speisen – er näherte sich mir nur, wenn sein Hunger es verlangte. Doch unsere Seelen blieben einander fern, so fern wie zwei Fremde, die sich aus Höflichkeit grüßen, ohne sich je zu berühren.

Ich versuchte, mich mit dem abzufinden, was die Welt ein Unglück nennt. Doch mein Geist weigerte sich, sein Leben in gebeugter Demut vor einem steinernen Idol zu verbringen, das im finsteren Zeitalter errichtet und GE-SETZ genannt wurde.

Ich trug meine Ketten, bis ich die Stimme der Liebe hörte. Und als mein Geist sich erhob, als er den Ruf vernahm, ließ ich die Fesseln hinter mir. Ich verließ Rashid Bey Namaans Haus wie ein Vogel, der zum ersten Mal den Himmel spürt, und ließ alles zurück – Schmuck, Kleider, Diener, Reichtum.

Denn ich wusste: Ich tat das Richtige.

Der Himmel will nicht, dass ich weine. Der Himmel will nicht, dass ich leide. Oft betete ich in der Nacht, dass die Morgendämmerung bald kommen möge – und wenn der Tag anbrach, betete ich, dass er schnell vergehe. Doch Gott hat in mein Herz den Wunsch nach Glück gelegt, und seine Herrlichkeit ruht in der Freude meines Herzens."

Sie schwieg einen Moment, dann sah sie mir fest in die Augen.

„Dies ist meine Geschichte. Dies ist mein Protest vor Himmel und Erde. Dies ist das Lied, das ich singe, während die Menschen ihre Ohren verschließen – aus Angst, es zu hören. Aus Angst, dass meine Worte wie ein Sturm über ihre bebende Welt fegen und die Grundfesten ihrer falschen Gesellschaft erschüttern.

Dies ist der steinige Weg, den ich mir bahnte, bis ich den Gipfel meines Glücks erreichte. Wenn nun der Tod kommt, um mich zu holen, werde ich ihm ohne Angst und ohne Reue entgegenblicken. Ich werde mich mit ruhigem Herzen vor den höchsten Thron des Himmels stellen, denn ich habe keine Schuld in mir. Ich bin bereit für das Jüngste Gericht, und meine Seele ist rein wie frisch gefallener Schnee.

In allem, was ich tat, folgte ich dem Willen Gottes. Ich gehorchte nicht den Gesetzen der Menschen, sondern der Stimme meines Herzens, die im Einklang mit den Engelsstimmen des Himmels sang. Dies ist mein Drama – das Drama, das die Menschen in Beirut einen Fluch auf den Lippen des Lebens nennen, eine Krankheit im Körper der Gesellschaft. Doch eines Tages wird die Liebe ihre tauben Herzen erwecken, wie die Sonne Blumen aus dem verunreinigten Erdreich hebt.

Eines Tages werden Wanderer an meinem Grab innehalten, die Erde berühren, die meinen Körper umhüllt, und sagen: Hier ruht Rose Hanie – die Frau, die sich aus der Sklaverei der menschlichen Gesetze befreite, um dem göttlichen Gesetz der Liebe zu folgen. Sie wandte ihr Gesicht der Sonne zu, um nicht den Schatten ihres eigenen Körpers zwischen den Schädeln und Dornen dieser Welt zu sehen.

Die Tür öffnete sich, und ein Mann trat ein. Seine Augen glänzten, als hielten sie das Licht der Morgenröte in sich, und seine Lippen trugen ein Lächeln, das von unerschütterlicher Ruhe sprach. Madame Hanie erhob sich, nahm seinen Arm, führte ihn zu mir und stellte uns mit sanften, fast schmeichelnden Worten einander vor.

Ich wusste sofort: Das war der Mann, für den sie die ganze Welt hinter sich gelassen hatte. Der Mann, um dessentwillen sie alle irdischen Gesetze brach, die Gesellschaft verneinte und ihren eigenen Weg wählte.

Wir setzten uns, und Stille erfüllte den Raum. Jeder von uns war in seine Gedanken versunken, als wären Worte zu unbedeutend für diesen Moment. Es verging eine Minute, eine Minute, die das Schweigen verdiente. Ich sah die beiden nebeneinander sitzen – und erkannte in diesem Augenblick die ganze Wahrheit von Madame Hanies Geschichte.

Ich verstand nun, warum sie sich gegen eine Gesellschaft aufgelehnt hatte, die schneller verurteilt als versteht. Warum sie verfolgt wurde, weil sie nach etwas griff, das jenseits der engen Mauern menschlicher Moral lag.

Vor mir saß nicht eine Frau, die sündigte, und ein Mann, der sie dazu verführte. Nein – ich sah zwei Menschen, vereint in einem einzigen Licht. Zwei Seelen, in deren Mitte die Liebe selbst stand, ihre Flügel über sie ausgebreitet, um sie vor den giftigen Zungen der Welt zu schützen.

Ich sah ein vollkommenes Verstehen, das zwischen ihnen schwebte, geformt aus Aufrichtigkeit und gebadet in einer Tugend, die nichts mit den verstaubten Regeln der Gesellschaft gemein hatte.

Zum ersten Mal in meinem Leben erkannte ich das Phantom des Glücks – ein leuchtendes, unantastbares Wesen zwischen einem Mann und einer Frau, verflucht von der Religion, verfolgt vom Gesetz.

Ich erhob mich, verabschiedete mich still und verließ die bescheidene Hütte, die auf Liebe gegründet war. Eine Hütte, ärmlich in ihrer Gestalt, aber reicher als alle Paläste der Stadt.

Ich ging durch die Straßen, an den Gebäuden vorbei, die Madame Hanie mir gezeigt hatte – an den Palästen, hinter deren Mauern falsche Ehen, Heuchelei und verborgene Verzweiflung lebten.

Als ich das Ende des Viertels erreichte, dachte ich an Rashid Bey Namaan. Sein blasses Gesicht, seine gebrochene Seele tauchten vor meinem inneren Auge auf. Ich fragte mich:

Ist er der Unterdrückte? Wird der Himmel ihm zuhören, wenn er über Madame Hanie klagt? Oder war es ein Verbrechen, das er beging – ein Verbrechen, als er ihr Herz unterwarf, ohne es jemals zu besitzen?

Wer von beiden ist der Unterdrückte und wer der Unterdrücker? Wer ist der Verbrecher und wer der Unschuldige?

Dann, nach einem Moment des Nachdenkens, sprach ich wieder zu mir selbst:

Oft hat die Gier eine Frau dazu verleitet, ihren Mann zu verlassen und dem Reichtum zu folgen. Hat Madame Hanie betrogen, als sie den Palast ihres reichen Mannes verließ und in die Hütte eines armen Mannes zog?

Oft tötet Unwissenheit die Ehre einer Frau und erweckt nur ihre Leidenschaft. Sie wird müde, verlässt ihren Mann, getrieben von ihren Wünschen, und erniedrigt sich vor einem anderen. War Madame Hanie eine unwissende Frau, die nur ihren körperlichen Sehnsüchten folgte, als sie sich öffentlich von ihrem Mann lossagte und sich dem Mann anschloss, den sie liebte?

Nein. Sie hätte im Haus ihres Mannes bleiben und sich heimlich ihr Glück suchen können. Viele Männer hätten sich ihr hingegeben, wären bereit gewesen, Sklaven ihrer Schönheit zu sein, Märtyrer ihrer Liebe.

Doch sie wählte nicht den heimlichen Verrat, nicht die verborgene Lüge. Sie wählte die Wahrheit.

Madame Hanie war eine Frau, die nach Glück suchte, es fand und es ergriff. Und das ist die Wahrheit, die die Gesellschaft nicht akzeptiert. Dann flüsterte ich in die Nacht und fragte mich: Darf eine Frau ihr Glück mit dem Elend ihres Mannes erkaufen? Und meine Seele antwortete: Darf ein Mann die Zuneigung seiner Frau erzwingen, wenn er weiß, dass er sie nie besitzen wird?

Ich ging weiter, und Madame Hanies Stimme hallte noch in meinen Ohren nach, als ich das äußerste Ende der Stadt erreichte. Die Sonne neigte sich dem Horizont, tauchte die Felder in sanftes Gold, während die Prärien in der Stille des nahenden Abends versanken. Die Vögel begannen ihre letzten Lieder, ihre Stimmen klangen wie ein leises Gebet, getragen von der Brise.

Ich blieb stehen, blickte in die Ferne und dachte nach. Dann seufzte ich und sprach leise zu mir selbst:

Vor dem Thron der Freiheit wiegen sich die Bäume im Wind, tanzen mit der spielenden Brise und trinken das Licht der Sonne, das Silber des Mondes. In die Ohren der Freiheit flüstern die Vögel, kreisen um sie in freudiger Melodie, begleitet vom sanften Murmeln der Bäche. Am Himmel der Freiheit atmen die Blumen ihren Duft aus, sie öffnen sich in der Morgenröte und lächeln im Glanz des Tages.

Alles auf Erden lebt nach dem Gesetz der Natur – und in diesem Gesetz blüht die Herrlichkeit der Freiheit. Doch dem Menschen ist dieses Glück versagt, weil er sich selbst Ketten auferlegt hat. Die Seele, die Gott ihm gab, fesselte er mit Regeln, die er sich selbst erschuf, ein Netz aus Verboten, aus Schranken, aus Angst.

Er errichtete sich ein Gefängnis, eng und schmerzvoll, in das er seine Sehnsüchte verbannte, seine Träume einschloss. Er grub sich ein Grab, in das er sein Herz legte, seine wahren Ziele begrub. Und wenn einer wagt, diese Mauern zu durchbrechen, wenn ein Mensch seinem inneren Ruf folgt und sich gegen die auferlegte Ordnung erhebt, dann nennt ihn die Welt einen Rebellen, würdig der Verbannung. Sie nennt ihn einen Verruchten, der den Tod verdient.

Doch wird der Mensch bis ans Ende der Zeit ein Sklave seiner eigenen Einschränkungen bleiben? Wird er für immer unter dem Joch leben, das er sich selbst auferlegt hat? Oder wird ihn die Zeit befreien? Wird er lernen, im Geist für den Geist zu leben?

Wird er weiterhin nach unten blicken, seine Augen an die Erde heften, an das Vergangene, an das Starre und Tote? Oder wird er den Mut finden, zur Sonne aufzusehen – damit er nicht länger den Schatten seines eigenen Körpers zwischen den Schädeln und Dornen dieser Welt erblickt?

# DER SCHREI DER GRÄBER

## I

Der Emir betrat den Gerichtssaal und ließ sich auf dem mittleren Stuhl nieder, während zu seiner Rechten und Linken die Weisen des Landes saßen. Die Wachen, mit Schwertern und Speeren bewaffnet, standen reglos, und die versammelten Menschen erhoben sich ehrfürchtig, verneigten sich tief vor dem Emir, dessen Blick eine Macht ausstrahlte, die ihre Seelen erbeben ließ. Angst senkte sich in ihre Herzen wie ein kalter Nebel. Als die Unruhe verstummte und der Moment der Entscheidung nahte, hob der Emir die Hand und sprach: „Bringt die Verbrecher einzeln herbei und nennt mir ihre Taten."

Die Gefängnistür öffnete sich wie das Maul eines gefräßigen Tieres. In den dunklen Ecken des Kerkers klirrten Ketten, ihr Echo vermischte sich mit unterdrücktem Stöhnen und dem leisen Wimmern der Gefangenen. Die Zuschauer hielten den Atem an, warteten gespannt auf die Gestalten, die aus diesem Abgrund des Schreckens emporsteigen würden.

Zwei Soldaten traten hervor und führten einen jungen Mann mit gefesselten Armen in den Saal. Sein Gesicht, gezeichnet von Entschlossenheit und innerer Würde, blieb unbeugsam. In der Mitte des Saals hielten sie ihn an, während die Soldaten zurücktraten. Der Emir betrachtete ihn mit durchdringendem Blick. „Welches Verbrechen hat dieser Mann begangen, dass er so stolz und unerschüttert vor mir steht?"

Ein Gerichtsdiener trat vor. „Er ist ein Mörder. Gestern erschlug er einen Offizier des Emirs, der auf einer wichtigen Mission war. Er wurde mit blutigem Schwert in der Hand gefasst."

Die Züge des Emirs verhärteten sich. „Bringt ihn in das tiefste Verlies und legt ihm Ketten an, so schwer, dass seine Glieder brechen. Und im Morgengrauen – mit seinem eigenen Schwert – schlagt ihm den Kopf ab. Werft seinen Leib in den Wald, damit die Tiere sein Fleisch zerreißen und der Wind den Gestank des Todes in die Häuser seiner Familie trägt."

Der junge Mann wurde fortgebracht, sein Blick traf stumm die der Umstehenden, die mit Trauer und Bedauern auf diesen Jüngling im Frühling seines Lebens sahen.

Dann kehrten die Soldaten zurück, diesmal mit einer jungen Frau. Ihre Schönheit war zart, fast zerbrechlich, doch sie war blass, und in ihren Augen glitzerte der Schmerz. Ihr Körper wirkte gebeugt von Enttäuschung und Unterdrückung, ihre Lippen zitterten, doch kein Laut kam über sie.

Der Emir musterte sie eingehend. „Und diese bleiche Gestalt, die mir wie ein Schatten erscheint – was hat sie getan?"

Ein Soldat antwortete: „Sie ist eine Ehebrecherin. Ihr eigener Mann hat sie in den Armen eines anderen gefunden. Der Liebhaber entkam, sie aber wurde dem Gesetz übergeben."

Die Frau hob ihr Gesicht, in dem kein Flehen lag, nur eine leere, ausdruckslose Ruhe.

Der Emir sprach: „Bringt sie in den dunklen Raum zurück. Legt sie auf ein Bett aus Dornen, damit sie sich erinnert an das Lager, das sie befleckt hat. Gebt ihr Essig mit Galle vermischt, dass sie den süßen Geschmack verratener Küsse verflucht. Und im Morgengrauen schleppt sie hinaus, entblößt, und steinigt sie vor den Toren der Stadt. Die Wölfe sollen ihr Fleisch zerreißen, die Würmer ihre Knochen fressen."

Als sie abgeführt wurde, schauten die Menschen ihr nach – voller Mitleid und Entsetzen zugleich. Sie bewunderten die Härte des Emirs und beklagten doch ihr grausames Schicksal.

Dann brachten die Soldaten einen Mann, dessen Knie zitterten wie Grashalme im Nordwind. Seine Haut war fahl, sein Leib ausgezehrt, seine Augen flackerten vor Angst. Er war arm, ein Elender, verloren zwischen Leben und Tod.

Der Emir verzog angewidert das Gesicht. „Und dieser erbärmliche Wurm – was hat er getan?"

Ein Wächter antwortete: „Er ist ein Dieb. Er brach in das Kloster ein und stahl heilige Vasen. Die Priester fanden sie noch unter seinem Gewand."

Der Emir betrachtete ihn wie ein Raubvogel, der über einem verletzten Tier kreist. „Bringt ihn ins Gefängnis zurück. Kettet ihn fest, und im Morgengrauen schlingt ein Seil um seinen Hals. Hängt ihn hoch, zwischen Himmel und Erde, dass seine sündigen Hände verrotten und der Wind seine Knochen verstreut."

Der Dieb wurde fortgeschleppt. Hinter ihm flüsterten die Menschen. „Wie konnte so ein schwacher Mann es wagen, sich an den Schätzen des Klosters zu vergreifen?"

Dann wurde das Gericht vertagt. Der Emir erhob sich und verließ mit seinen Weisen den Saal, umgeben von seinen Wachen. Die Menge löste sich auf, und der Raum fiel in Stille, bis auf das gedämpfte Stöhnen der Gefangenen.

Und ich? Ich stand dort wie ein Spiegel, in dem sich nur Schatten spiegelten. Ich versank in Gedanken über die Gesetze, die Menschen für Menschen erschaffen hatten. Ich fragte mich, was Gerechtigkeit wirklich bedeutete. Ich sann nach über das Leben und seine unergründlichen Geheimnisse. Ich versuchte, das Universum zu verstehen. Doch ich blieb stumm – verloren, wie ein Horizont, der hinter Wolken verschwindet.

Als ich den Saal verließ, fragte ich mich:

Die Pflanze nährt sich von der Erde, das Schaf von der Pflanze, der Wolf jagt das Schaf, der Stier tötet den Wolf, und der Löwe reißt den Stier – doch am Ende fordert der Tod den Löwen.

Gibt es eine Macht, die den Tod überwindet? Eine Kraft, die all dies in Gerechtigkeit verwandelt?

Gibt es etwas, das alle hässlichen Dinge in Schönheit wandelt?

Gibt es eine Hand, die die Elemente des Lebens fasst und sie sanft umarmt, so wie das Meer alle Bäche in sich aufnimmt?

Gibt es ein Gericht, das höher ist als das des Emirs?

Ein Gericht, das den Ermordeten und den Mörder, die Ehebrecherin und den Betrogenen, den Dieb und den Bestohlenen zur Rechenschaft zieht?

II

Am nächsten Morgen verließ ich die Stadt und wanderte hinaus auf die Felder, dorthin, wo die Stille der Seele enthüllt, was der Geist ersehnt, und wo der weite Himmel die Samen der Verzweiflung erstickt, die in den engen Straßen und düsteren Winkeln der Stadt genährt werden. Als ich das Tal erreichte, sah ich einen Schwarm Krähen und Geier, die auf und niederstiegen, den Himmel erfüllend mit ihrem Krächzen, dem Pfeifen der Luft in ihren Schwingen und dem leisen Rauschen ihrer Federn.

Weitergehend, stieß ich auf einen schrecklichen Anblick: Den Leichnam eines Mannes, hoch an einem Baum aufgehängt, den entblößten Körper einer Frau, halb verschüttet von Steinen, und den zerschundenen Leib eines Jünglings, das Blut, das aus seiner kopflosen Gestalt in die Erde gesickert war. Meine Augen verdunkelten sich unter dem schweren Schleier der Trauer. Ich blickte umher und sah nichts als den Schatten des Todes, der wie ein stummer Wächter über diesen Überresten stand. Kein Laut drang an mein Ohr außer dem Krächzen der Aasvögel, die über den Zeugnissen menschlicher Strenge kreisten, und dem dumpfen, unsichtbaren Klagen der Nichtexistenz.

Drei Menschen, die noch gestern im warmen Schoß des Lebens lagen, waren heute ausgelöscht, weil sie gegen die Gesetze der Menschen verstoßen hatten. Wenn ein Mann einen anderen tötet, nennen sie ihn Mörder, doch wenn der Emir ihn tötet, heißt es, er sei gerecht. Wenn ein Dieb aus der Not heraus einen Klosterkelch stiehlt, nennen sie ihn einen Verbrecher, doch wenn der Emir ihm das Leben nimmt, ist er edelmütig. Eine Frau, die ihrem Mann untreu ist, wird als Sünderin verurteilt, doch wenn der Emir sie durch die Straßen jagt und mit Steinen hinrichten lässt, gilt er als rechtschaffen.

Blutvergießen ist verboten – wer aber hat dem Emir erlaubt zu töten? Wer entschied, dass das Stehlen von Gold ein Verbrechen sei, das Rauben eines Lebens jedoch eine noble Tat? Ist der Verrat an einem Ehemann abscheulich, doch die öffentliche Steinigung eines lebendigen Menschen ein gerechter Anblick? Ist Unrecht mit Unrecht zu vergelten ein Gesetz? Ist Verbrechen mit noch grausameren Verbrechen zu bestrafen eine Regel? Ist es Gerechtigkeit, Korruption mit größerer Korruption zu übertünchen?

Hat der Emir in seinem Leben nie einen Feind getötet? Hat er nicht sein Volk ausgepresst, ihm sein Gold, sein Land, seine Würde entrissen? Hat er niemals gesündigt? Und doch spricht er das Urteil, hängt den Dieb an den Baum und trennt dem Mörder das Haupt vom Leib. Wer sind jene, die ihn dabei unterstützen? Sind es Engel, die aus den Himmeln herabgestiegen sind, oder sterbliche Männer, die sich an Blut und Macht berauschen? Wer schwang das Schwert und trennte den Kopf dieses Jünglings vom Körper? Waren es Heilige oder nur Soldaten, deren Fußspuren den Boden mit Leichen pflastern? Wer schleuderte die Steine auf diese Frau? Waren es reine Seelen, die sich aus der Einsamkeit der Tugend erhoben, oder jene, die unter dem Schutz eines blinden Gesetzes ihre Grausamkeit entfalteten?

Was ist das Gesetz? Wer sah es aus den Himmeln herabkommen? Welcher Mensch blickte in das Herz Gottes und erkannte Seinen Willen? In welchem Zeitalter stiegen die Engel herab, um den Menschen zu verkünden:

„Nehmt den Schwachen die Freuden des Lebens, tilgt die Gesetzlosen mit dem Schwert und zermahlt die Sünder unter eisernen Füßen?“

Während ich in diesen Gedanken versank, hörte ich ein leises Rascheln im Gras. Ich hielt inne und sah eine junge Frau, die hinter den Bäumen hervorkam. Ihre Augen flackerten wachsam, sie prüfte die Umgebung, bevor sie auf die drei Leichname zuging. Als ihr Blick auf den kopflosen Körper fiel, erstarb ihr Atem. Ein Schrei, leise wie der Wind und doch von grenzenlosem Schmerz durchdrungen, entrang sich ihrer Kehle. Sie kniete nieder, ihre zitternden Arme umschlossen den leblosen Leib.

Mit bebenden Fingern strich sie durch das blutverklebte Haar, berührte das, was von seinem Gesicht geblieben war. Ihr Weinen war kein Laut, sondern ein Riss, der durch die Stille schnitt. Dann raffte sie sich auf, zog den Körper langsam über die Erde zu einem Graben, bettete den Kopf zwischen die Schultern und deckte ihn vorsichtig mit Erde zu. Schließlich stieß sie das Schwert, das sein Leben genommen hatte, tief in den Boden des Grabes.

Als sie sich abwandte, trat ich auf sie zu. Sie fuhr erschrocken zurück, Tränen glänzten auf ihren Wangen. Ihre Lippen bebten, als sie seufzte: „Übergebt mich dem Emir, wenn ihr es wollt. Es ist besser, zu sterben und ihm zu folgen, der mir das Leben gerettet hat, als zu wissen, dass sein Körper den Tieren zum Fraß vorgeworfen wurde.“

Ich sah sie an und sagte sanft: „Fürchte dich nicht, armes Mädchen. Ich trauere um ihn, noch bevor du es tatst. Doch sag mir – wie hat er dich gerettet?“

Ihre Stimme war erstickt, brüchig wie Glas: „Ein Offizier des Emirs kam auf unseren Hof, um die Steuer einzutreiben. Als er mich sah, musterte er mich mit den Augen eines Wolfes. Er forderte von meinem Vater eine Summe, die selbst ein reicher Mann nicht hätte zahlen können. Er nahm mich stattdessen, ein lebendes Lösegeld, um mich dem Emir als Tribut zu bringen. Ich flehte ihn an, mich zu verschonen, doch sein Herz kannte keine Gnade.

Ich schrie – und dieser Mann, der jetzt tot ist, eilte herbei. Er stand mir bei, stellte sich dem Offizier in den Weg. Der Offizier zog sein Schwert, doch dieser junge Mann, dieser mutige Mann, riss ein altes Schwert von der Wand unseres Hauses und tötete ihn. Er floh nicht. Er verbarg sich nicht. Er stand bei der Leiche, bis die Wächter kamen und ihn fortbrachten."

Ihre Worte lasteten schwer. Es waren Worte, die jedes menschliche Herz bluten lassen würden. Sie senkte den Blick, als könnte sie die Last nicht mehr tragen, und wandte sich um und ging.

Wenige Augenblicke später sah ich einen jungen Mann nahen, sein Gesicht verborgen unter einem Umhang. Als er sich dem leblosen Körper der gesteinigten Frau näherte, zog er das Gewand ab und breitete es über ihre entblößte Gestalt. Dann nahm er einen Dolch hervor und begann, mit stiller Entschlossenheit eine Grube auszuheben. Mit zärtlicher Sorgfalt bettete er den leblosen Körper hinein, bedeckte ihn mit Erde und weinte stumm über ihr Grab. Als er seine Aufgabe vollendet hatte, pflückte er einige Blumen und legte sie ehrfürchtig auf die frische Erde.

Gerade als er sich zum Gehen wandte, trat ich auf ihn zu und sprach: „In welcher Beziehung standest du zu dieser Frau? Was hat dich dazu gebracht, dein Leben zu riskieren, um ihren Körper vor den Tieren zu bewahren?"

Seine traurigen Augen, die mich durchdringend musterten, verrieten einen tiefen Kummer. Schließlich sprach er mit heiserer Stimme: „Ich bin der Unglückliche, für dessen Liebe sie gestorben ist. Seit unserer Kindheit liebten wir uns, unsere Seelen wuchsen gemeinsam auf, verwoben in einer einzigen Liebe, die unsere Herzen verband und unser Dasein umarmte. Doch eines Tages verließ ich die Stadt, und als ich zurückkehrte, erfuhr ich, dass ihr Vater sie gezwungen hatte, einen Mann zu heiraten, den sie nicht liebte.

Mein Leben wurde zu einem endlosen Kampf, meine Tage zu einer einzigen dunklen Nacht. Ich suchte Frieden, doch mein Herz blieb ruhelos. Schließlich besuchte ich sie heimlich – nicht, um sie mir zu nehmen, sondern nur, um einen Blick in ihre Augen zu werfen, ihre Stimme zu hören. Als ich ihr Haus betrat, fand ich sie allein vor, verloren in ihrem eigenen Schmerz. Ich setzte mich schweigend zu ihr, und in dieser Stille lag unser tiefstes Gespräch. Eine Stunde verging, in der unsere Blicke all das sagten, wofür Worte nicht reichten.

Dann stürmte ihr Mann herein. Ich bat ihn, sich zu besinnen, doch er packte sie und schleifte sie auf die Straße, rufend: ‚Kommt, seht die Ehebrecherin und ihren Liebhaber!‘ Die Nachbarn strömten herbei, und bald kamen die Wachen, die sie fortbrachten – doch mich berührten sie nicht. Das blinde Gesetz und die kalten Bräuche bestraften die Frau für die Schuld ihres Vaters, während sie den Mann verschonten.“

Mit diesen Worten wandte er sich ab und ging zurück zur Stadt.

Ich aber blieb stehen, mein Blick fiel auf den Dieb, der noch immer an dem Baum hing. Sein lebloser Körper bewegte sich sacht, wenn der Wind durch die Äste fuhr, als warte er darauf, dass jemand ihn herabnähme und ihn neben den Verteidiger der Ehre und die Märtyrerin der Liebe zur Erde legte.

Eine Stunde verging, dann erschien eine gebeugte Frau, von Elend gezeichnet, ihr Gesicht von Tränen überströmt. Sie trat vor den Gehängten, faltete die Hände und betete mit leiser Ehrfurcht. Dann begann sie, mit aller Kraft, die ihr geschwächter Körper noch aufbringen konnte, den Baum zu erklimmen. Oben angekommen, biss sie mit ihren Zähnen in das raue Seil, bis es riss – und der tote Mann fiel schwer zu Boden. Sie kletterte herab, grub mit bloßen Händen ein Grab und bettete ihn neben den beiden anderen. Dann schichtete sie Erde über ihn, nahm zwei Holzstücke und formte daraus ein einfaches Kreuz, das sie am Kopfende des Grabes in die Erde steckte.

Als sie sich umwandte, um zu gehen, hielt ich sie zurück und fragte: „Was hat dich hierhergebracht? Warum hast du diesen Mann begraben?"

Sie hob den Blick, und ihre Augen waren wie Spiegel der Not. „Er war mein treuer Ehemann, mein gütiger Gefährte. Der Vater meiner fünf Kinder – fünf kleine, hungrige Seelen. Das älteste ist acht, das jüngste noch an meiner Brust. Mein Mann war kein Dieb. Er war Bauer, ein einfacher Arbeiter auf dem Land des Klosters. Er verdiente unseren kärglichen Lebensunterhalt mit dem, was ihm die Mönche als Lohn für seine Mühen gaben.

Doch als sein Körper schwächer wurde, jagten sie ihn fort. Sie rieten ihm, nach Hause zu gehen und seine Kinder zu schicken, wenn sie alt genug seien, um seine Arbeit zu übernehmen. Er flehte sie an, im Namen Jesu und der Engel des Himmels, ihm zu erlauben zu bleiben – doch sie blieben taub für sein Leid. Sie hatten kein Mitleid mit ihm, kein Mitleid mit den Kindern, die in unserer Hütte nach Brot schrien.

Er zog in die Stadt, suchte Arbeit – doch niemand wollte einen Mann, dessen Kräfte schwanden. Die Reichen suchten nur die Starken. Also saß er am Straßenrand, streckte seine Hände aus, bettelte um eine milde Gabe – doch die Leute wandten sich ab, sagten, Faulheit verdiene keinen Lohn.

In jener Nacht war der Hunger in unserem Haus unerträglich. Die Kleinsten schrien, versuchten vergeblich, an meiner leeren Brust zu trinken. Da sah ich, wie sich der Ausdruck meines Mannes veränderte. Er verließ das Haus und verschwand in der Dunkelheit. Er ging nicht in ein fremdes Heim, er brach nicht in ein Haus ein – er betrat das Kloster, in dem er sein Leben lang gearbeitet hatte. Er nahm nicht Gold, nicht Silber, nicht Juwelen – nur einen Sack Weizen, um unsere Kinder vor dem Verhungern zu retten.

Doch als er hinaustrat, erwachten die Mönche. Sie schlugen ihn, traten ihn, fesselten ihn und brachten ihn vor den Emir. Sie klagten ihn an, er habe die goldenen Kelche des Altars stehlen wollen. Er wurde ins Gefängnis geworfen – und am nächsten Morgen gehängt.

Er versuchte, die Mägen seiner Kinder zu füllen – doch stattdessen füllte der Emir die Mägen der Vögel und der Tiere mit seinem Fleisch."

Als sie geendet hatte, wandte sie sich in ihrer Trauer von mir ab und ging.

# KHALIL DER KETZER

## I

Scheich Abbas galt in einem abgelegenen Dorf im Norden des Libanon als unangefochtener Herrscher. Sein Haus ragte inmitten der ärmlichen Hütten der Dorfbewohner auf wie ein gesunder Riese unter kränklichen Zwergen. Während sie in Armut lebten, genoss er verschwenderischen Luxus. Sie gehorchten ihm bedingungslos und verneigten sich ehrfürchtig, wenn er sprach. Es war, als hätte eine unsichtbare Macht ihn zu ihrem unangefochtenen Führer bestimmt.

Sein Zorn ließ sie erbeben, trieb sie auseinander wie Herbstblätter im Sturm. Schlug er jemanden ins Gesicht, so wagte der Gezüchtigte nicht, sich zu rühren, nicht einmal den Kopf zu heben oder nach dem Grund des Schlages zu fragen – dies wäre Ketzerei gewesen. Wer hingegen sein Lächeln empfing, galt als der glücklichste unter ihnen. Doch diese Demut entsprang nicht reiner Schwäche. Es war die bittere Not, die sie gefügig machte, ihre völlige Abhängigkeit von ihm.

Die Hütten, in denen sie hausten, die Felder, die sie bestellten – alles gehörte Scheich Abbas. Er hatte dieses Land von seinen Vorfahren geerbt und herrschte darüber mit eiserner Hand.

Unter seiner Aufsicht pflügten sie die Erde, säten die Saat, ernteten das Getreide. Doch ihre Arbeit wurde nur mit einem kargen Anteil belohnt, gerade genug, um dem Hunger nicht zu erliegen.

Oft, wenn die Ernte noch fern war und ihr Brot längst aufgebraucht, kamen sie flehentlich zu ihm, baten um ein paar Piaster, einen Scheffel Weizen. Scheich Abbas gewährte es ihnen mit gnädiger Miene – wissend, dass sie in der Erntezeit den doppelten Preis zahlen würden. So blieben sie ihm ein Leben lang verschuldet, vererbten diese Last an ihre Kinder und verharrten in unaufhörlicher Unterwerfung, stets in Furcht vor seinem Zorn, stets bemüht, seine Gunst zu erlangen – vergeblich.

## II

Der Winter brach herein mit schwerem Schnee und tobenden Winden. Die Täler und Felder lagen verwaist, nur die kahlen Bäume ragten gespenstisch aus der leblosen Ebene, wie Schatten des Todes.

Nachdem die Ernte eingebracht, die Speicher des Scheichs gefüllt und seine Vasen mit dem Wein der Weinberge überflossen waren, zogen sich die Dorfbewohner in ihre Hütten zurück. Dort verbrachten sie die langen Wintertage, saßen am Feuer, erinnerten sich an vergangene Zeiten und erzählten einander Geschichten von harter Arbeit und endlosen Nächten.

Das alte Jahr hauchte seinen letzten Atem in den grauen Himmel. Die Nacht brach an, in der das neue Jahr gekrönt und auf den Thron des Universums gesetzt werden würde. Der Schnee fiel dichter, die Winde pfiffen, rasten von den hohen Bergen in die Tiefe, türmten den Schnee zu gewaltigen Haufen, die in den Tälern begraben bleiben sollten.

Die Bäume erzitterten unter der Wucht des Sturms, Felder und Hügel lagen unter einem weißen Tuch, auf dem der Tod vage Zeichen schrieb und sie im nächsten Moment wieder auslöschte. Der Nebel hing schwer, wie eine Mauer zwischen den verstreuten Dörfern an den Hängen der Täler. Die schwachen Lichter, die durch die kleinen Fenster der elenden Hütten flackerten, verschwanden hinter dem undurchdringlichen Schleier des Zorns der Natur.

Angst kroch in die Herzen der Fellachen. In den Ställen standen die Tiere reglos an ihren Trögen, die Hunde drängten sich in dunkle Ecken, verborgen vor der Kälte. Über allem lag das Heulen der tobenden Winde, das dumpfe Dröhnen der Stürme, die aus den Schluchten aufstiegen. Es war, als rüste sich die Natur, wütend über das vergehende Jahr, zur Rache an diesen friedlichen Seelen – kämpfend mit den Waffen von Frost und eisiger Stille.

Und unter diesem aufgewühlten Himmel versuchte ein junger Mann, den schmalen, verschneiten Pfad zu durchqueren, der Deir Kizhaya mit dem Dorf des Scheichs verband. Seine Glieder waren erstarrt vor Kälte, Schmerz und Hunger hatten ihm die letzte Kraft geraubt. Das schwarze Gewand, das seinen schmächtigen Körper umhüllte, war vom Schnee gebleicht – als hätte der Tod ihn bereits in sein Leichentuch gehüllt, ehe die Stunde seines Endes gekommen war.

Er kämpfte gegen den Wind, mühte sich Schritt für Schritt vorwärts, doch jeder Fortschritt war eine Qual. Seine Rufe nach Hilfe wurden vom Sturm verschluckt, sein Atem stieß in die Nacht wie ein letzter schwacher Funke. Er schwankte zwischen Hoffnungslosigkeit und lähmender Verzweiflung, ein gefangener Vogel mit gebrochenem Flügel, der in einen reißenden Bach stürzt, fortgetragen in bodenlose Tiefe.

Er stolperte weiter, fiel immer wieder, bis das Blut in seinen Adern erstarb und er schließlich zusammenbrach. Ein letzter, schrecklicher Laut entrang sich seiner Kehle – die Stimme einer Seele, die in das leere Antlitz des Todes blickte … die Stimme einer sterbenden Jugend, geschwächt durch Menschen, gefangen in den Fängen der Natur … die Stimme der Liebe zur Existenz, verhallend im Raum des Nichts.

## III

Auf der Nordseite des Dorfes, mitten in den windgepeitschten Feldern, stand das einsame Haus von Rachel und ihrer Tochter Miriam, die damals noch keine achtzehn Jahre alt war. Rachel war die Witwe von Samaan Ramy, der sechs Jahre zuvor erschlagen aufgefunden worden war – doch das Gesetz der Menschen hatte seinen Mörder nie gefunden.

Wie viele libanesische Witwen fristete Rachel ihr Dasein mit harter, unermüdlicher Arbeit. Während der Erntezeit sammelte sie die Ähren, die auf den Feldern zurückgeblieben waren; im Herbst durchkämmte sie Gärten nach vergessenen Früchten. Im Winter saß sie am Spinnrad, fertigte Kleidung, die sie für ein paar Piaster oder einen Scheffel Getreide eintauschte. Miriam, ihre Tochter, war ein schönes Mädchen, das die Bürde der Arbeit mit ihr teilte.

An dieser bitterkalten Nacht saßen die beiden Frauen am Kamin. Die Glut war schwach, die Flammen verborgen unter der Asche, ihre Wärme von der winterlichen

Kälte verschluckt. Neben ihnen brannte eine kleine, flackernde Lampe, die ihr fahles Licht in die Dunkelheit sandte, wie ein schwaches Gebet, das die Schatten mit flüchtiger Hoffnung zu durchdringen suchte.

Die Mitternacht war hereingebrochen, und sie lauschten dem klagenden Heulen des Windes. Hin und wieder erhob sich Miriam, öffnete das kleine Oberlicht und spähte hinaus in den finsteren Himmel, doch immer kehrte sie rasch und beklommen zurück, eingeschüchtert von den tobenden Elementen.

Plötzlich zuckte sie zusammen, als würde sie aus einem tiefen Traum gerissen. Sie sah erschrocken zu ihrer Mutter. „Hast du das gehört, Mutter? Eine Stimme – jemand ruft um Hilfe!"

Rachel lauschte, aber nach einem Moment schüttelte sie den Kopf. „Ich höre nichts außer den Wind, mein Kind."

Doch Miriam rief: „Nein! Ich habe eine Stimme gehört, tiefer als das Grollen des Donners, trauriger als das Klagen des Sturms!"

Mit diesen Worten sprang sie auf, öffnete die Tür und stand einen Moment reglos da. „Da ist es wieder, Mutter!"

Rachel eilte zur Tür, ihr Gesicht von Zweifel und Sorge gezeichnet. Nach kurzem Zögern sagte sie: „Ich höre es auch … Lass uns nachsehen."

Sie zog sich ein langes Gewand über, öffnete die Tür und trat hinaus in die eisige Nacht. Der Wind riss an ihrem Mantel, während Miriam an der Schwelle stand, ihr langes Haar tanzte im Sturm.

Rachel kämpfte sich durch den tiefen Schnee, blieb dann stehen und rief: „Wer ruft? Wo bist du?"

Keine Antwort. Nur das Tosen des Windes. Sie wiederholte den Ruf, immer wieder, doch nichts außer Donner hallte ihr entgegen.

Entschlossen schritt sie weiter, ihre Augen suchten die Dunkelheit ab. Plötzlich stieß sie auf tiefe Spuren im Schnee. Ihr Herz zog sich zusammen, während sie ihnen folgte.

Dann – nach wenigen Schritten – sah sie ihn. Einen Körper, hingestreckt auf dem weißen Boden, wie ein dunkler Fleck auf einem Leichentuch aus Eis.

Sie näherte sich, kniete nieder, hob vorsichtig seinen Kopf auf ihre Knie. Ihre Hände fanden seinen Puls – schwach, langsam, ein verlöschendes Leben.

Ihr Blick wandte sich zurück zur Hütte, und sie rief: „Komm, Miriam! Ich habe ihn gefunden!"

Miriam eilte durch die Dunkelheit, ihre Schritte hastig, ihre Hände zitternd vor Kälte und Angst. Als sie den reglosen Körper erblickte, brach ein Schluchzen aus ihr hervor.

Doch Rachel legte sanft ihre Hände unter seine Achseln, sah Miriam an und sprach ruhig: „Fürchte dich nicht. Er lebt noch. Fass den Saum seines Umhangs – wir tragen ihn nach Hause."

Trotz des tobenden Windes und des dichten Schnees schleppten die beiden Frauen den erschöpften jungen Mann in Richtung ihrer Hütte. Als sie schließlich ihre kleine Zuflucht erreichten, legten sie ihn behutsam neben die Feuerstelle. Rachel begann, seine erstarrten Hände zu reiben, während Miriam mit dem Saum ihres Kleides sein Haar trocknete. Minuten verstrichen, bis sich sein Körper zu regen begann. Seine Augenlider zuckten, ein tiefer Seufzer entrang sich seiner Brust – ein Laut, der den Frauen neue Hoffnung gab.

Sie zogen ihm die durchnässten Schuhe aus, nahmen ihm seine schwarze Robe ab. Miriam betrachtete das Gewand einen Moment und sagte dann leise: „Sieh, Mutter, er trägt die Kleidung der Mönche.“

Rachel, die gerade das Feuer mit trockenen Zweigen schürte, erwiderte nachdenklich: „Die Mönche verlassen ihr Kloster nicht in einer solchen Nacht.“

Doch Miriam runzelte die Stirn. „Aber er hat keinen Bart. Tragen Mönche nicht Bärte?“

Rachel ließ den Blick auf dem Fremden ruhen, ihre Augen voller mütterlicher Milde. Dann sagte sie schlicht: „Ob Mönch oder Verbrecher – das spielt keine Rolle. Trockne ihm die Füße gut, meine Tochter.“

Sie öffnete einen Schrank, nahm einen Krug Wein heraus und goss eine kleine Menge in eine Tonschale. Miriam hob vorsichtig seinen Kopf, während Rachel ihm einen Schluck einflößte, um sein Herz zu stärken.

Als der erste Tropfen seine Lippen berührte, öffnete er langsam die Augen. Sein Blick war erfüllt von Trauer, aber auch von einer stillen Dankbarkeit – der Blick eines Menschen, der die sanfte Berührung des Lebens spürt, nachdem er den eisigen Griff des Todes gekannt hat. Ein Blick voller Hoffnung, die eben noch verloren schien.

Seine Lippen bebten, und mit schwacher Stimme sprach er: „Möge Gott euch segnen.“

Rachel legte beruhigend eine Hand auf seine Schulter. „Ruh dich aus, Bruder. Sprich nicht mehr, bis deine Kräfte zurückkehren.“

Miriam lächelte sanft. „Lege deinen Kopf auf dieses Kissen. Wir werden dich näher ans Feuer ziehen.“

Rachel füllte die Schale erneut mit Wein und reichte sie ihm, während sie ihre Tochter anwies: „Häng sein Gewand ans Feuer, damit es trocknet."

Miriam tat, wie ihr geheißen, kehrte dann zurück und betrachtete ihn mit stiller Anteilnahme – als wolle sie ihm Wärme schenken, nicht nur durch das Feuer, sondern aus den Tiefen ihrer Seele.

Rachel brachte zwei Laibe Brot, ein wenig Konfitüre und einige Trockenfrüchte. Sie setzte sich zu dem jungen Mann und begann, ihm kleine Stücke zu reichen, mit derselben Geduld und Fürsorge, mit der eine Mutter ihr Kind füttert.

Allmählich kehrte seine Kraft zurück. Er richtete sich langsam auf und setzte sich auf die Matte vor dem Kamin. Das flackernde Feuer warf rote Schatten auf sein Gesicht, das noch von Müdigkeit gezeichnet war. Seine Augen leuchteten für einen Moment auf, dann schüttelte er langsam den Kopf und sagte:

„Gnade und Grausamkeit ringen miteinander im menschlichen Herzen, wie die entfesselten Elemente am Himmel dieser schrecklichen Nacht. Doch die Gnade wird siegen, denn sie ist göttlich. Und nur der Schrecken dieser Nacht wird vergehen, wenn das Tageslicht anbricht."

Für einen Moment herrschte Stille. Dann flüsterte er: „Eine Menschenhand hat mich in Verzweiflung gestürzt – und eine Menschenhand hat mich gerettet. Wie streng ist der Mensch … und wie barmherzig ist der Mensch!"

Rachel sah ihn aufmerksam an. „Wie konntest du es wagen, Bruder, das Kloster in einer solchen Nacht zu verlassen? Selbst die Tiere suchen Schutz vor diesem Sturm."

Er schloss kurz die Augen, als wolle er seine Tränen dorthin zurückdrängen, woher sie gekommen waren. Dann sprach er langsam:

„Die Tiere haben ihre Höhlen. Die Vögel des Himmels ihre Nester. Doch der Menschensohn hat keinen Ort, wo er sein Haupt niederlegen kann."

Rachel hob überrascht die Brauen. „Das sind die Worte Jesu."

Der junge Mann nickte. „Und es ist die Antwort für jeden, der in dieser Zeit der Lüge, der Heuchelei und der Korruption dem Geist und der Wahrheit folgen will."

Rachel schwieg eine Weile, dann sagte sie: „Aber das Kloster bietet doch Schutz. Es gibt dort warme Räume, Vorratskammern voll Gold und Getreide, Schuppen mit fetten Kälbern und Schafen. Was hat dich bewogen, diesen Zufluchtsort in dieser tödlichen Nacht zu verlassen?"

Der junge Mann atmete tief ein, als würde er eine schwere Last mit sich tragen. Schließlich sagte er: „Ich habe diesen Ort verlassen, weil ich ihn hasse."

Rachel musterte ihn nachdenklich. „Ein Mönch in einem Kloster ist wie ein Soldat auf dem Schlachtfeld – er muss den Geboten seines Anführers folgen, ohne zu fragen. Ich hörte, dass ein Mann kein Mönch werden kann, solange er nicht seinen Willen, seine Gedanken, seine Wünsche – alles, was mit Verstand zu tun hat – aufgibt. Aber ein guter Priester verlangt nichts Unvernünftiges von seinen Mönchen. Warum sollte der Oberpriester von Deir Kizhaya von dir fordern, dein Leben Stürmen und Schnee auszuliefern?"

Der junge Mann hob den Blick, und in seinen Augen brannte ein stiller Schmerz.

„Nach Ansicht des Oberpriesters", sagte er bitter, „kann ein Mann kein Mönch sein, wenn er nicht blind und unwissend, gefühllos und stumm ist. Ich habe das Kloster verlassen, weil ich ein vernünftiger Mensch bin – einer, der sehen, fühlen und hören kann."

Miriam und Rachel starrten ihn an, als hätten sie in seinem Gesicht ein verborgenes Geheimnis entdeckt. Nach einem Moment des Schweigens sagte Rachel: „Würde ein Mann, der sieht und hört, hinausgehen in eine Nacht, die die Augen blind und die Ohren taub macht?"

Der junge Mann antwortete ruhig: „Ich wurde aus dem Kloster vertrieben."

„Vertrieben!", rief Rachel, und Miriam wiederholte das Wort, als hätte sie es kaum begreifen können.

Er hob den Kopf, bereute jedoch seine Worte, denn er fürchtete, ihre Güte und ihr Mitgefühl könnten sich in Ablehnung verwandeln. Doch als er in ihre Gesichter blickte und sah, dass ihre Augen weiterhin Güte ausstrahlten und ihre Körper vor Sehnsucht bebten, mehr zu erfahren, rang er mit seiner Stimme und sprach schließlich weiter:

„Ja, ich wurde aus dem Kloster vertrieben, weil ich mein eigenes Grab nicht mit meinen Händen schaufeln konnte und mein Herz des Lügens und Stehlens müde wurde. Ich wurde vertrieben, weil meine Seele sich weigerte, die Gaben eines Volkes zu genießen, das sich in Unwissenheit verlor. Ich konnte in den warmen Räumen nicht ruhen, die mit dem Gold der armen Fellachen erbaut waren. Mein Magen konnte kein Brot ertragen, das mit den Tränen der Waisen gebacken wurde. Meine Lippen konnten keine Gebete murmeln, die um Gold und Nahrung feilgeboten wurden. Ich wurde wie ein Aussätziger aus dem Kloster geworfen, weil ich es wagte, den Mönchen die Regeln vorzuhalten, die sie für ihre Stellung als würdig erklärten."

Ein schweres Schweigen legte sich über die Hütte. Rachel und Miriam sahen ihn unverwandt an, bis Rachel fragte: „Leben deine Eltern noch?"

Er senkte den Blick. „Ich habe weder Vater noch Mutter. Jetzt ist kein Ort mehr mein Zuhause."

Rachel seufzte tief, während Miriam ihr Gesicht abwandte, um ihre Tränen zu verbergen.

Wie eine verwelkende Blume, die durch den Tau der Morgendämmerung neues Leben empfängt, so wurde das besorgte Herz des jungen Mannes durch die Güte seiner Retter gestärkt. Er blickte zu ihnen auf – so, wie ein Soldat seine Befreier ansieht, die ihn aus den Fängen des Feindes retten – und sprach weiter:

„Ich verlor meine Eltern, bevor ich sieben Jahre alt war. Der Dorfpriester brachte mich nach Deir Kizhaya und übergab mich den Mönchen, die mich gerne aufnahmen und mir die Aufsicht über das Vieh übertrugen. Jeden Tag führte ich die Kühe und Schafe auf die Weide. Als ich fünfzehn Jahre alt war, legten sie mir diese schwarze Robe an, führten mich zum Altar, und der Oberpriester sprach: ‚Schwöre im Namen Gottes und aller Heiligen, ein tugendhaftes Leben in Armut und Gehorsam zu führen.'

Ich wiederholte die Worte, ohne ihre Bedeutung zu verstehen – ohne zu wissen, wie dieser Mann Armut, Tugend und Gehorsam auslegte."

Sein Blick verfinsterte sich, als er fortfuhr:

„Mein Name war Khalil, doch seit jenem Tag nannten sie mich Bruder Mobarak. Aber sie behandelten mich nie wie einen Bruder. Sie aßen die besten Speisen, tranken den edelsten Wein, während ich von trockenem Gemüse und Wasser lebte – Wasser, das oft von meinen eigenen Tränen gesalzen war. Sie ruhten auf weichen Betten, während ich auf einer Steinplatte in einem dunklen, kalten Raum neben dem Schuppen schlief.

Oft fragte ich mich: ‚Wann wird mein Herz aufhören, sich nach ihrem Essen, nach ihrem Wein zu sehnen? Wann werde ich aufhören, vor meinen Vorgesetzten zu zittern?‘

Doch diese Hoffnung blieb vergebens. Zusätzlich zur Arbeit mit dem Vieh zwang man mich, schwere Steine auf meinen Schultern zu schleppen, Gräben auszuheben, bis mein Körper vor Erschöpfung zitterte. Für diese Mühen erhielt ich ein paar trockene Brotstücke als Lohn.

Ich wusste nicht, wohin ich hätte gehen können. Sie hatten mir beigebracht, alles außerhalb der Klostermauern zu fürchten. Sie hatten meine Gedanken vergiftet, bis ich glaubte, die Welt sei ein Ozean des Leids und das Kloster der einzige Hafen der Erlösung.

Aber als ich erkannte, wovon sie lebten, aus welchen Quellen ihr Wohlstand stammte, war ich froh, dass ich keinen Anteil daran hatte.“

Khalil richtete sich auf, sein Blick wanderte durch die kleine, bescheidene Hütte, als hätte er in ihrer Einfachheit eine unverhoffte Schönheit entdeckt.

Rachel und Miriam schwiegen, während er fortfuhr:

„Gott, der meinen Vater zu sich nahm und mich als Waise in das Kloster verbannte, wollte nicht, dass ich mein Leben blindlings in einen dunklen Abgrund renne. Er wollte nicht, dass ich mein Leben als Sklave verbringe. Gott öffnete meine Augen. Er ließ mich das Licht sehen. Er ließ mich die Wahrheit hören, als die Wahrheit sprach.“

Rachel dachte laut nach: „Gibt es ein anderes Licht als die Sonne, das über alle Menschen scheint? Sind Menschen überhaupt fähig, die Wahrheit zu begreifen?“

Khalil erwiderte: „Das wahre Licht kommt aus dem Inneren des Menschen. Es offenbart der Seele die Geheimnisse des Herzens, bis sie mit dem Leben in Einklang ist und Zufriedenheit findet. Die Wahrheit ist wie die Sterne – sie zeigt sich erst hinter der Dunkelheit der Nacht. Sie gleicht all den schönen Dingen dieser Welt: Sie offenbart sich nur jenen, die zuvor den bitteren Einfluss der Falschheit gespürt haben. Wahrheit ist nichts anderes als tiefe Güte, die uns lehrt, mit unserem Leben zufrieden zu sein und dieses Glück mit anderen zu teilen.“

Rachel entgegnete: „Viele handeln aus Güte, viele glauben, dass Mitgefühl der Schatten von Gottes Gesetz über die Menschen ist. Und doch sind sie bis zu ihrem Tod unglücklich.“

Khalil antwortete: „Vergeblich sind die Lehren und Glaubenssätze, die den Menschen unglücklich machen. Falsch ist die Güte, die ihn in Verzweiflung und Elend führt. Denn das wahre Ziel des Menschen ist es, auf dieser Erde glücklich zu sein, den Weg zur Glückseligkeit zu weisen und die Botschaft der Wahrheit zu verbreiten, wohin er auch geht. Wer das Himmelreich nicht schon in diesem Leben sieht, wird es im nächsten nie finden.

Wir wurden nicht als Verbannte auf diese Erde geschickt, sondern als unschuldige Geschöpfe Gottes. Wir sollen lernen, den heiligen und ewigen Geist zu erkennen und in der Schönheit des Lebens die verborgenen Geheimnisse unserer Seele zu entdecken. Das ist die Wahrheit, die ich aus den Lehren des Nazareners gelernt habe. Das ist das Licht, das in mir aufging und mir die dunklen Winkel des Klosters zeigte, das meine Seele bedrohte. Das ist das tiefe Geheimnis, das mir die Täler und Felder offenbarten, als ich hungrig, einsam und weinend im Schatten der Bäume saß."

Er hielt inne, seine Stimme wurde fester. „So sollte Religion im Kloster gelehrt werden – so, wie Gott sie wollte, so, wie Jesus sie lehrte. Eines Tages, berauscht von der Erkenntnis der Wahrheit, trat ich furchtlos vor die versammelten Mönche im Garten und sprach: ,Warum verbringt ihr eure Tage hier und genießt die Gaben der Armen, deren Brot ihr esst – ein Brot, gebacken aus ihrem Schweiß und ihren Tränen? Warum lebt ihr im Schatten des Parasitentums, abgesondert von den Menschen, die Wissen brauchen? Jesus sandte euch als Lämmer unter die Wölfe – was hat euch zu Wölfen unter den Lämmern gemacht? Warum flieht ihr vor der Menschheit, vor Gott, der euch erschaffen hat? Wenn ihr wahrhaft besser seid als jene, die das Leben mit offenen Augen durchwandern, warum geht ihr nicht zu ihnen und macht ihre Wege heller? Wenn sie aber besser sind als ihr, warum wollt ihr nicht von ihnen lernen? Wie könnt ihr ein Gelübde der Armut ablegen – und dann vergessen, was ihr geschworen habt, um im Luxus zu leben? Wie könnt ihr Gehorsam schwören – und euch dann gegen alles auflehnen, was Religion bedeutet? Wie kann Tugend euer Maßstab sein, wenn eure Herzen voller Begierde sind? Ihr gebt vor, euren Körper zu züchtigen, doch ihr tötet eure Seelen. Ihr verachtet die irdischen Dinge mit den Lippen, doch eure Herzen gieren nach ihnen. Ihr lasst die Menschen an einen Lehrer der Frömmigkeit glauben, doch in Wahrheit seid ihr wie das Vieh, das sich an einer üppigen Weide sattfrisst und dabei nichts von der Welt versteht. Gebt den Bedürftigen das Land des Klosters zurück. Gebt ihnen das Gold und Silber zurück, das ihr ihnen genommen habt. Löst euch von eurer Abgeschiedenheit und dient den Schwachen, die euch mit ihrer Kraft stark gemacht haben. Reinigt das Land, auf dem ihr lebt. Lehrt diese gepeinigte Nation, zu lächeln und sich an der himmlischen Fülle, der Herrlichkeit des Lebens und der Freiheit zu erfreuen.

Die Tränen der Menschen sind heiliger und näher bei Gott als eure Bequemlichkeit und Ruhe. Das Mitgefühl, das das Herz eines Schwachen berührt, ist erhabener als die verborgene Tugend in den dunklen Ecken des Klosters. Ein einziges Wort des Trostes für den verurteilten Verbrecher oder die ausgestoßene Frau ist edler als all die hohlen Gebete, die ihr jeden Tag in der Kirche murmelt.‘“

In diesem Moment holte Khalil tief Luft. Dann hob er den Blick zu Rachel und Miriam und sprach:

„Ich erzählte den Mönchen all diese Dinge, und sie hörten mir zu mit einer Verwirrung in den Augen, als könnten sie nicht fassen, dass ein junger Mann es wagte, vor ihnen zu stehen und solch kühne Worte zu äußern. Als ich geendet hatte, trat einer von ihnen zornig auf mich zu und rief: ‚Wie kannst du es wagen, in unserer Gegenwart so zu sprechen?‘ Ein anderer lachte und sagte spöttisch: ‚Hast du das alles von den Kühen und Schweinen gelernt, die du auf den Feldern gehütet hast?‘ Ein dritter erhob sich, seine Stimme scharf wie ein Messer: ‚Du wirst bestraft werden, Ketzer!‘

Dann lösten sie sich auf wie Schatten in der Dämmerung, als würden sie vor einem Aussätzigen fliehen. Einige liefen zum Oberpriester und klagten mich an. Er ließ mich noch am Abend zu sich rufen. Die Mönche schwelgten in meinem Leid, ihre Gesichter strahlten vor Genugtuung, als das Urteil fiel: Peitschenhiebe und vierzig Tage und Nächte im Kerker. Sie sperrten mich in eine dunkle Zelle, und dort lag ich auf kaltem Stein, ohne das Licht zu sehen. Tag und Nacht verschmolzen zu einer einzigen endlosen Finsternis. Ich spürte nur die feuchte Erde unter mir und das Krabbeln der Insekten. Ich hörte nichts außer das ferne Trampeln von Füßen, wenn sie mir in langen Abständen ein Stück Brot und eine Schale mit Essigwasser brachten.

Als ich endlich aus dem Gefängnis kam, war ich schwach, mein Körper ausgehöhlt vom Hunger, meine Stimme brüchig. Die Mönche glaubten, sie hätten mich vom Denken geheilt, die Flamme in meiner Seele erstickt. Sie meinten, Hunger und Durst hätten das Gute aus meinem Herzen getrieben. Doch in meiner Einsamkeit hatte ich mich bemüht, eine Weise zu finden, ihnen die Augen für das Licht zu öffnen, ihnen das wahre Lied des Lebens hören zu lassen. Aber meine Gedanken prallten an Wänden aus Stein. Die Jahrhunderte hatten einen Schleier über ihre Augen gewebt, zu dicht, um ihn in wenigen Tagen zu lüften. Und der Mörtel der Unwissenheit, der ihre Ohren verschlossen hielt, war zu hart, um ihn mit sanfter Hand zu lösen."

Einen Moment lang schwieg alles. Dann wandte sich Miriam ihrer Mutter zu, als würde sie um Erlaubnis bitten, zu sprechen.

„Du musst erneut mit den Mönchen gesprochen haben, wenn sie beschlossen, dich in dieser schrecklichen Nacht zu verbannen. Sie sollten selbst zu ihren Feinden gütig sein."

Khalil nickte. „Heute Abend, als das Gewitter tobte, zog ich mich zurück von den Mönchen, die ums Feuer kauerten und sich mit Märchen und Späßen unterhielten. Als sie mich allein sahen, richteten sie ihren Spott auf mich. Ich las in meinem Evangelium und vertiefte mich in Jesu Worte, bis sie mich für einen Moment vergessen ließen – den tobenden Himmel, den Hass um mich. Doch als sie sahen, dass ich ihnen keine Beachtung schenkte, wuchs ihr Zorn. Mein Schweigen erstickte ihr Lachen. Einer fragte: ‚Was liest du, großer Reformator?‘

Ich schlug das Buch auf und las ihnen die Worte Johannes des Täufers vor:

‚Ihr Schlangenbrut, wer hat euch gewarnt, dem kommenden Zorn zu entfliehen? Bringt Früchte der Buße hervor und sagt nicht bei euch selbst: Wir haben Abraham zum Vater. Denn ich sage euch: Gott kann aus diesen Steinen Kinder Abrahams erwecken. Schon ist die Axt an die Wurzel der Bäume gelegt. Jeder Baum, der keine guten Früchte bringt, wird abgehauen und ins Feuer geworfen.‘

Während ich las, verstummten die Mönche. Es war, als ob eine unsichtbare Hand ihre Seelen umklammerte. Doch dann rafften sie sich auf und lachten. Einer höhnte: ‚Diese Worte haben wir oft gelesen, wir brauchen keinen Hirtenjungen, der sie uns vorträgt.‘

Ich widersprach: ‚Wenn ihr diese Worte gelesen und verstanden hättet, wären die Dorfbewohner nicht erfroren und verhungert.‘

Kaum hatte ich das gesagt, schlug mir einer ins Gesicht, ein anderer trat mich. Ein dritter riss mir das Buch aus der Hand und ein vierter rief den Oberpriester. Er kam, bebend vor Wut, und schrie:

‚Verhaftet diesen Rebellen! Zerrt ihn fort von diesem heiligen Ort! Lasst den Sturm ihn lehren, was Gehorsam bedeutet. Überlasst ihn den Kräften der Natur, auf dass sie mit ihm tun, was Gottes Wille ist. Und wenn er zurückkehrt, um Gnade flehend, öffnet ihm nicht die Tür. Denn die Viper wird nicht zur Taube, wenn man sie in einen Käfig setzt, und eine Dornenhecke trägt keine Feigen, wenn man sie in den Weinberg pflanzt.‘

Dem Befehl befolgend, schleiften mich die Mönche hinaus. Noch bevor die Tür hinter mir ins Schloss fiel, hörte ich eine Stimme spöttisch rufen:

‚Gestern warst du der König der Kühe und Schweine. Heute bist du entthront, großer Reformator. Geh nun, sei der König der Wölfe – und lehre sie, wie sie in ihren Höhlen leben sollen.‘“

Khalil seufzte tief, sein Blick verlor sich im flackernden Licht des Feuers. Mit sanfter, liebevoller Stimme, während Schmerz über sein Gesicht zog, sprach er:

„So wurde ich aus dem Kloster verstoßen, so übergaben mich die Mönche den Händen des Todes. Die ganze Nacht kämpfte ich blindlings gegen die Finsternis; der Wind zerriss mein Gewand, der Schnee türmte sich auf, meine Füße erstarrten, bis ich fiel und verzweifelt um Hilfe rief. Nur der Tod schien mich zu hören. Doch eine Kraft, die nichts als Wissen und Gnade ist, hörte meinen Schrei. Diese Kraft wollte nicht, dass ich sterbe, ehe ich das letzte Geheimnis des Lebens begriffen hatte. Sie sandte euch beide zu mir, um mich aus dem Abgrund, aus der Nichtexistenz zu retten.“

Rachel und Miriam fühlten, als hätten sie das Rätsel seiner Seele entschlüsselt, als wären sie nun Gefährten in Gefühl und Erkenntnis. Unwillkürlich streckte Rachel die Hand aus, berührte sanft seine Finger. Tränen stiegen in ihre Augen, und sie flüsterte:

„Wer vom Himmel zum Verteidiger der Wahrheit erwählt wurde, wird nicht durch dessen Stürme und Schnee zugrunde gehen."

Miriam fügte leise hinzu: „Die Stürme und der Schnee mögen die Blumen töten, aber nicht die Samen. Denn der Schnee hält sie warm, schützt sie vor dem tödlichen Frost."

Ein Leuchten glitt über Khalils Gesicht, als er diese Worte hörte.

„Wenn ihr mich nicht wie die Mönche als Rebellen und Ketzer betrachtet," sagte er, „dann ist meine Verfolgung im Kloster das Sinnbild einer unterdrückten Nation, die noch nicht zur Erkenntnis gelangt ist. Und diese Nacht, in der ich dem Tod so nahe war, gleicht einer Revolution, die der vollkommenen Gerechtigkeit vorausgeht. Denn aus dem Herzen einer empfindsamen Frau entspringt das Glück der Menschheit, und aus der Güte ihres Geistes erwächst ihre Zuneigung."

Dann schloss er die Augen und lehnte sich auf das Kissen zurück. Rachel und Miriam drängten ihm keine Worte mehr auf, denn sie wussten, dass die Müdigkeit, die das lange Ringen ihm auferlegt hatte, nun seine Lider herabsinken ließ. Khalil schlief wie ein verlorenes Kind, das endlich Schutz in den Armen der Mutter gefunden hatte.

Rachel und ihre Tochter gingen leise zu ihrem Bett, setzten sich und betrachteten ihn, als hätten sie in seinem von Kummer gezeichneten Gesicht eine Kraft entdeckt, die ihre Seelen und Herzen näher an ihn zog.

„In seinen geschlossenen Augen liegt eine merkwürdige Macht," flüsterte Rachel, „eine Stimme, die in der Stille spricht und die Sehnsüchte der Seele weckt."

Miriam antwortete leise: „Seine Hände, Mutter, sind wie die von Christus in der Kirche."

Rachel nickte. „Sein Gesicht trägt zugleich die Zärtlichkeit einer Frau und die Kühnheit eines Mannes."

Und während ihre Geister auf den Flügeln des Schlafs in die Welt der Träume getragen wurden, verlosch das Feuer und sank zu Asche. Das Licht der Öllampe flackerte, schwächer und schwächer, bis es erlosch. Draußen wütete der Sturm weiter, der dunkle Himmel ließ Schnee in dichten Schichten fallen, und der Wind trieb sie unbarmherzig nach rechts und links.

IV

Fünf Tage verstrichen, und der Himmel blieb schwer vom Schnee, der unnachgiebig die Berge und Ebenen bedeckte. Dreimal versuchte Khalil, seine Reise fortzusetzen, doch jedes Mal hielt Rachel ihn zurück.

„Überlass dein Leben nicht den blinden Elementen, Bruder," bat sie ihn. „Bleib hier. Das Brot, das für zwei reicht, wird auch drei ernähren, und das Feuer wird noch immer brennen, wie es vor deiner Ankunft gebrannt hat. Wir sind arm, aber wie alle Menschen unter der Sonne leben wir vor dem Angesicht Gottes und nehmen, was er uns gibt."

Miriam sagte nichts, doch ihre Augen flehten, und ihre tiefen Seufzer sprachen für sie. Seit Khalil die Hütte betreten hatte, fühlte sie eine Kraft in ihrer Seele erwachen, eine leuchtende, göttliche Gegenwart, die ihr Herz mit

59

Leben füllte und eine neue Zuneigung in den verborgensten Winkeln ihres Geistes entzündete. Zum ersten Mal
erlebte sie ein Gefühl, das ihr Herz weit öffnete wie eine
weiße Rose, die die Tautropfen der Morgendämmerung
trinkt und ihren Duft in den endlosen Himmel trägt.

Es gibt keine reinere, keine ruhigere Zuneigung für den
Geist als jene, die im Herzen einer Jungfrau verborgen
ruht und plötzlich erwacht, ihr Innerstes mit himmli-
scher Musik erfüllt, ihre Tage in einen Traum aus Poesie
verwandelt und ihre Nächte mit prophetischen Bildern
durchflutet. Und es gibt kein größeres Mysterium im Leben als jene Liebe, die das Schweigen einer jungen Seele bricht und sie in einen ständigen, leuchtenden Strom
von Bewusstsein verwandelt – eine Liebe, die die Vergangenheit vergessen lässt, weil sie die süße, überwältigende
Hoffnung der Zukunft in sich trägt.

Die libanesische Frau unterscheidet sich von den Frau-
en anderer Völker durch ihre Einfachheit. Ihre Erziehung
mag sie in ihren Möglichkeiten begrenzen, doch gerade
das lässt sie tiefer nach den Geheimnissen ihres Herzens
fragen. Die junge libanesische Frau ist wie eine Quelle,
die aus dem Innersten der Erde entspringt, ihren gewun-
denen Weg sucht und schließlich zu einem stillen See
wird, in dessen wachsender Oberfläche sich die Sterne
und der Mond spiegeln.

Khalil spürte, wie sich die Schwingung von Miriams
Herz leise, aber unaufhaltsam um seine Seele legte. Er
wusste, dass das Licht, das seine Gedanken durchdrang,
auch sie berührt hatte. Zum ersten Mal empfand er Freude, wie ein ausgetrockneter Bach, der den ersten warmen
Regen empfängt. Doch zugleich rügte er sich für diese

Freude, denn er fürchtete, dass dieses stille Verstehen vergehen würde wie eine Wolke, wenn er das Dorf verließ.

Immer wieder sprach er mit sich selbst:

„Was ist dieses Geheimnis, das unser Leben formt und es mit solch unsichtbaren Fäden lenkt? Welches Gesetz treibt uns auf einen steinigen Pfad, lässt uns den Gipfel fast erreichen – lächelnd, jubelnd – nur um uns dann plötzlich in die Tiefe zu stoßen, weinend und verloren? Was ist dieses Leben, das uns an einem Tag mit offenen Armen empfängt und am nächsten gegen uns kämpft? Wurde ich nicht gestern verfolgt? Habe ich nicht Hunger, Durst, Spott und Leiden ertragen um der Wahrheit willen, die der Himmel in mein Herz gelegt hat? Habe ich den Mönchen nicht gesagt, dass Glück durch Wahrheit das Ziel und der Wille Gottes im Menschen ist? Warum also diese Furcht? Warum verschließe ich meine Augen vor dem Licht, das aus ihren Augen strahlt?

Ich bin ein Vertriebener, und sie ist arm – aber lebt der Mensch nur von Brot? Sind wir nicht, wie die Bäume zwischen Winter und Sommer, zwischen Mangel und Fülle hin und hergeworfen? Doch was würde Rachel sagen, wenn sie wüsste, dass mein Herz und das ihrer Tochter einander still verstanden, sich annäherten, dem Kreis des höchsten Lichts entgegenschwangen? Was würde sie denken, wenn sie erfuhr, dass der Mann, dessen Leben sie gerettet hatte, sich danach sehnte, ihre Tochter zu sehen?

Und was würden die Dorfbewohner sagen, wenn sie hörten, dass ein junger Mann, der im Kloster aufgewachsen war, durch Not und Vertreibung in ihr Dorf gelangt war und nun in der Nähe einer schönen Jungfrau leben wollte? Würden sie mich verstehen, wenn ich ihnen sagte, dass einer, der das Kloster verlässt, um unter ihnen zu leben, wie ein Vogel ist, der aus den morschen Wänden eines Käfigs in das Licht der Freiheit fliegt?

Was wird Scheich Abbas sagen, wenn er meine Geschichte hört? Was wird der Dorfpriester tun, wenn er den Grund meiner Verbannung erfährt?"

So dachte Khalil, während er am Kamin saß und in die Flammen starrte – das Sinnbild seiner Liebe. Und Miriam warf ihm hin und wieder verstohlene Blicke zu, las in seinen Augen die Träume, hörte im Schweigen den Widerhall seiner Gedanken, spürte in der Luft die Berührung seiner Zuneigung, auch wenn kein Wort zwischen ihnen fiel.

V

Eines Nachts stand Khalil an dem schmalen Querbalken, der zu den Tälern hinausführte, wo Bäume und Felsen unter weißen Decken schliefen. Der Himmel wölbte sich dunkel über die erstarrte Welt. Miriam kam leise zu ihm, blieb neben ihm stehen und blickte schweigend empor. Als sich ihre Blicke trafen, seufzte er tief und schloss die Augen, als segelte seine Seele durch die Weiten des Nachthimmels, suchend nach einem Wort. Doch er fand kein Wort nötig – die Stille sprach für sie.

Miriam wagte schließlich zu fragen: „Wohin wirst du gehen, wenn der Schnee den Fluss erreicht und die Wege trocken sind?"

Er öffnete langsam die Augen, ließ den Blick über den Horizont schweifen und sprach: „Ich werde dem Pfad folgen, wohin auch immer mein Schicksal und meine Mission für die Wahrheit mich führen."

Ein leiser, trauriger Seufzer entwich Miriam. „Warum willst du nicht hierbleiben und in unserer Nähe leben? Bist du gezwungen, fortzugehen?“

Seine Brust zog sich bei ihren sanften Worten zusammen, doch er protestierte: „Die Dorfbewohner hier würden keinen vertriebenen Mönch als Nachbarn dulden. Sie würden mir nicht einmal die Luft gönnen, die sie selbst atmen. Für sie ist der Feind des Klosters ein Ungläubiger, verstoßen von Gott und seinen Heiligen.“

Miriam schwieg. Die Wahrheit, die sie schmerzte, ließ keine weiteren Worte zu.

Khalil wandte sich ab und sprach weiter: „Miriam, diese Menschen sind von ihren Herrschern gelehrt worden, denjenigen zu hassen, der frei denkt. Sie wurden erzogen, sich von denen fernzuhalten, deren Gedanken hoch hinauswollen. Doch Gott will nicht von unwissenden Lippen gepriesen werden, die nur nachsprechen, was andere ihnen vorsagen. Würde ich in diesem Dorf bleiben und die Menschen ermutigen, zu beten, wie es ihr Herz ihnen eingibt, würden sie mich einen Ungläubigen nennen, der die göttliche Autorität der Priester missachtet. Würde ich sie auffordern, ihren Geist zu befreien, nach dem Willen ihres Herzens zu handeln, würden sie mich als Ketzer verdammen, als einen, der den Klerus stürzen will – jenen Klerus, den sie zwischen Himmel und Erde gestellt glauben.“

Er sah Miriam direkt in die Augen, und seine Stimme klang wie silberne Saiten, leise vibrierend im Wind:

„Aber, Miriam, in diesem Dorf gibt es eine Macht, die mich umschlingt, die mich durchdringt, meine Seele verschlingt. Eine so göttliche Kraft, dass sie meinen Schmerz vergessen macht. In diesem Dorf stand ich dem Tod gegenüber – und in diesem Dorf fühlte ich Gottes Geist meine Seele umarmen. Und hier wächst eine Blume, einsam über dem leblosen Gras, schöner als jede andere. Ihr Anblick zieht mein Herz an, ihr Duft füllt mein Innerstes. Soll ich diese Blume zurücklassen und hinausgehen, um die Gedanken zu predigen, die mich aus dem Kloster vertrieben haben? Oder soll ich bei ihr bleiben, ein Grab schaufeln und meine Wahrheiten zwischen ihren Dornen begraben? Sag mir, Miriam – was soll ich tun?"

Bei diesen Worten erschauerte sie wie eine Lilie im ersten Hauch der Morgendämmerung. Ihr Herz flammte in ihren Augen auf, während sie leise und stockend sagte:

„Wir sind beide in den Händen einer geheimnisvollen, barmherzigen Macht. Lass sie ihren Willen tun."

Und in diesem Moment vereinten sich ihre Herzen, und ihre Seelen wurden zu einer einzigen brennenden Fackel, die ihr Leben erhellte.

## VI

Seit Anbeginn der Schöpfung bis in unsere Zeit haben sich bestimmte Clans, die ihren Reichtum durch Erbschaft erlangten, mit der Geistlichkeit verbündet, um sich selbst zu Verwaltern des Volkes zu erklären. Es ist eine alte, klaffende Wunde im Herzen der Gesellschaft – eine Wunde, die nur durch das Licht des Wissens und die Zerstörung der Unwissenheit geheilt werden kann.

Der Mann, der sein Vermögen erbt, errichtet sein Herrenhaus aus dem Schweiß der Armen. Der Geistliche baut seinen Tempel auf den Knochen derer, die in blindem Glauben vor ihm knien. Der Herrscher zwingt den Fellachen, für ihn zu schuften, während der Priester seine

Taschen leert. Der eine schaut mit kaltem, berechnendem Blick auf die Söhne des Landes, der andere streut ihnen mit freundlichem Lächeln Illusionen ins Herz. Und zwischen der drohenden Stirn des Tigers und dem falschen Grinsen des Wolfes vergeht das Volk – zerrieben, verschlungen. Der Herrscher nennt sich König des Gesetzes, der Priester den Vertreter Gottes – und zwischen beiden verwesen Körper und verkümmern Seelen.

Im Libanon, in jenen Bergen, die reich an Sonnenlicht, aber arm an Bildung sind, haben sich der Adelige und der Geistliche seit jeher verschworen, um den Bauern auszubeuten – den Mann, der die Erde bricht und die Ernte einfährt, der den Hunger seines Herrn stillt und doch selbst kaum zu essen hat. Der Reiche stand vor seinem Palast und rief den Menschenmengen zu: „Der Sultan hat mich zu eurem Herrn gemacht." Und der Priester predigte von seinem Altar herab: „Gott hat mich zum Hüter eurer Seelen bestimmt." Doch das Volk blieb stumm – denn Tote können nicht sprechen.

Scheich Abbas war mit den Geistlichen eng verbunden, denn sie waren seine Verbündeten in dem Bestreben, den Geist der Menschen im Nebel des Gehorsams zu halten und jeden Funken Wissen im Keim zu ersticken.

An jenem Abend, während Khalil und Miriam sich dem Thron der Liebe näherten und Rachel mit sanften Augen über sie wachte, erreichte eine beunruhigende Botschaft das Haus des Scheichs. Vater Elias trat vor ihn und sprach:

„Der Oberpriester hat einen aufrührerischen jungen Mann aus dem Kloster vertrieben – einen, der nun Zuflucht im Haus von Rachel, der Witwe von Samaan Ramy, gefunden hat."

Doch der Priester ließ es nicht bei diesen Worten bewenden. Mit einem finsteren Ausdruck fügte er hinzu: „Ein Dämon, den das Kloster verstoßen hat, wird in diesem Dorf kein Engel werden. Ein Feigenbaum, der gefällt und ins Feuer geworfen wurde, trägt keine Frucht mehr. Wenn wir unser Dorf von der Befleckung durch dieses Ungeheuer reinigen wollen, müssen wir es vertreiben – so wie es die Mönche taten.“

Scheich Abbas lehnte sich zurück und musterte den Priester mit prüfendem Blick. „Bist du dir sicher, dass dieser Mann eine Gefahr für unser Volk ist? Wäre es nicht klüger, ihn hierzubehalten und ihn als Arbeiter für unsere Weinberge einzusetzen? Starke Männer kann man immer gebrauchen.“

Doch der Priester schüttelte entschieden den Kopf. Seine Finger fuhren durch seinen Bart, während ein listiges Lächeln über seine Lippen glitt.

„Wenn er ein Arbeiter wäre, hätte das Kloster ihn nicht ausgestoßen. Ein Student, der letzte Nacht unter meinem Dach schlief, erzählte mir, dass dieser junge Mann die Regeln des Oberpriesters missachtet hat. Er hat den Mönchen gefährliche Gedanken gepredigt – er forderte sie auf, das Land, den Wein und das Silber des Klosters an die Armen zu geben, das Wissen unter die Menschen zu streuen. Er sagte, nur so könnten sie ihrem Vater im Himmel gefallen.“

Als Scheich Abbas diese Worte hörte, fuhr er auf. Seine Augen verengten sich, sein Körper spannte sich wie der eines Raubtiers, das sich auf sein Opfer stürzt. Ohne zu zögern rief er nach seinen Dienern.

Drei Männer betraten den Raum, verneigten sich tief.

Mit einer Stimme, kalt und befehlend, sprach der Scheich: „Im Haus von Rachel, der Witwe von Samaan Ramy, hält sich ein junger Mann in einem Mönchsgewand auf. Fesselt ihn und bringt ihn her. Sollte diese Frau Einwände erheben, packt sie an ihren geflochtenen Haaren, schleift sie über den Schnee und bringt sie mit ihm – denn wer das Böse schützt, ist selbst böse."

Die Männer verbeugten sich erneut und verließen eilends das Haus, um den Befehl auszuführen.

Der Priester und der Scheich jedoch blieben zurück, vertieft in ein Gespräch über die Art der Strafe, die sie Khalil und Rachel auferlegen würden. In ihren Augen lag keine Gnade, nur der kalte, unbeirrbare Wille derer, die sich im Schatten von Macht und Angst zum Richter über andere erhoben hatten.

## VII

Die Nacht war hereingebrochen und hatte ihren dunklen Mantel über das Dorf gelegt. Der Schnee lastete schwer auf den Dächern der Hütten, und die wenigen Lichter, die hinter geschlossenen Türen und Fenstern brannten, flackerten gegen die Kälte an. Am Himmel erschienen die Sterne, ferne Funken der Hoffnung, wie Versprechen einer Ewigkeit, die jenseits von Schmerz und Vergänglichkeit lag.

Drinnen, in der bescheidenen Stube, saßen Rachel, Miriam und Khalil an einem groben Holztisch und aßen schweigend ihr Abendbrot. Die Flammen im Kamin warfen lange Schatten über die Wände. Da klopfte es an der Tür. Ein dumpfer, entschlossener Schlag.

Rachel und Miriam zuckten erschrocken zusammen. Doch Khalil blieb ruhig, als hätte er das Kommen dieser Männer längst erwartet. Die Tür öffnete sich, und drei Männer traten ein – Diener des Scheichs, mit Gesichtern, die vom frostigen Wind hart wie Stein wirkten.

Einer von ihnen, der älteste, trat an Khalil heran, legte ihm die Hand schwer auf die Schulter und fragte: „Bist du der Mann, den sie aus dem Kloster vertrieben haben?"

„Ja, das bin ich," antwortete Khalil fest. „Was wollt ihr?"

Der Mann verzog keine Miene. „Wir haben den Befehl, dich zu verhaften und zum Haus von Scheich Abbas zu bringen. Wenn du dich wehrst, werden wir dich wie ein geschlachtetes Schaf durch den Schnee schleifen."

Rachel wurde blass. Sie sprang auf, ihre Stimme zitterte vor Empörung und Angst.

„Welches Verbrechen hat er begangen? Warum wollt ihr ihn fesseln und fortzerren?"

Miriam, mit Tränen in den Augen, schloss sich ihr an: „Drei Männer gegen einen? Ist das eure Vorstellung von Stärke?"

Die Worte der Frauen rührten jedoch keinen von ihnen. Stattdessen wurde der Mann, der das Seil in der Hand hielt, zornig.

„Gibt es in diesem Dorf eine Frau, die es wagt, sich dem Befehl des Scheichs zu widersetzen?", grollte er.

Er trat näher, hob das Seil, um Khalils Hände zu fesseln. Doch Khalil, statt sich zu ducken oder zu weichen, hob den Kopf. Stolz lag in seinem Blick, und ein stilles, trauriges Lächeln spielte um seine Lippen.

„Ihr tut mir leid," sagte er ruhig. „Denn ihr seid starke, aber blinde Werkzeuge in den Händen eines Mannes, der seine Kraft nutzt, um die Schwachen zu unterdrücken. Ihr seid Sklaven der Unwissenheit. Gestern war ich ein Mann wie ihr. Doch morgen werdet ihr frei sein – frei im Geist, so wie ich es jetzt bin. Aber heute noch trennt uns ein Abgrund. Meine Stimme kann euch nicht erreichen, meine Wahrheit bleibt euch verborgen. Ihr könnt weder hören noch sehen. Also fesselt mich, tut, was ihr müsst."

Seine Worte wirkten auf die Männer wie ein ungreifbarer Zauber. Für einen Moment schwankten sie, als hätte ein fremder Geist in ihnen angeklopft. Doch der Schatten des Scheichs lastete schwer auf ihnen. Seine Stimme hallte noch in ihren Köpfen, und sie wussten, dass sie ihre Mission zu Ende führen mussten.

Schweigend fesselten sie Khalils Hände und führten ihn hinaus in die Nacht. Rachel und Miriam folgten ihnen, ihre Schritte schwer, ihr Herz voll Kummer. Sie schritten durch den Schnee, hinter ihm her, wie die Töchter Jerusalems einst hinter Christus hergingen, als er seinen Weg zum Kalvarienberg ging.

Die Nacht legte ihren dunklen Schleier über das Dorf, und der Schnee türmte sich schwer auf den Dächern der Hütten. Hinter geschlossenen Fenstern und Türen flackerten die Lichter, während sich die Menschen am Feuer wärmten und Geschichten über den verhafteten Fremden austauschten. In den langen Winternächten, wenn die Felder unter der eisigen Decke schliefen und das Leben sich in die Enge der Häuser zurückzog, wurde jedes Ereignis zur Nahrung für die rastlosen Gedanken der Dorfbewohner.

Es dauerte nicht lange, bis sich die Nachricht wie ein Lauffeuer ausbreitete. Bald eilten Männer, Frauen und Kinder aus allen Richtungen zum Haus von Scheich Abbas, getrieben von Neugier und Aufruhr. Sie wollten den Fremden sehen, den verstoßenen Mönch, den sie nun als Ungläubigen betrachteten. Und sie wollten Rachel und Miriam sehen, die Frauen, die es gewagt hatten, ihn aufzunehmen – jene, die, so flüsterten sie, die Krankheit der Ketzerei in ihr Dorf getragen hatten.

Als Khalil, mit gefesselten Händen, das Haus des Scheichs betrat, war das Anwesen bereits voller Menschen. Schweigend musterten sie ihn, als wäre er eine seltene Kreatur, ein Rätsel, das sie nicht begreifen konnten. Vor ihm, auf dem erhöhten Sitz des Richters, saß Scheich Abbas, mit harter Miene und durchdringendem Blick. Neben ihm hockte Vater Elias, dessen kalte Augen in dunkler Freude funkelten.

Rachel und Miriam standen hinter Khalil, ihre Gesichter bleich, doch ihre Haltung aufrecht. Angst mochte in ihren Herzen sein, doch was konnte Furcht einer Frau anhaben, die die Wahrheit erkannt hatte? Was konnte Verachtung der Menge einer Jungfrau anhaben, die durch die Liebe erwacht war?

Der Scheich richtete seine donnernde Stimme auf Khalil: „Wie heißt du, Mann?"

„Khalil ist mein Name," antwortete er ruhig.

„Wer sind dein Vater und deine Mutter? Wo bist du geboren?"

Khalil ließ seinen Blick über die Menschen schweifen, auf deren Gesichtern Misstrauen und Feindseligkeit lagen, dann sagte er mit fester Stimme:

„Die Unterdrückten sind meine Brüder und Schwestern, die Armen mein Clan, und dieses weite Land ist meine Heimat."

Ein spöttisches Lächeln zuckte über das Gesicht des Scheichs.

„Die Menschen, die du deine Verwandten nennst, fordern deine Bestrafung, und das Land, das du deine Heimat nennst, hat nichts dagegen, dich zu verstoßen."

Khalil erwiderte: „Unwissende Völker verhaften ihre besten Männer und erheben sie dann zu ihren Herrschern. Ein Land, das unter der Tyrannei leidet, verfolgt diejenigen, die es von seinen Ketten befreien wollen. Doch wird ein guter Sohn seine kranke Mutter verlassen? Wird ein barmherziger Bruder den Unglücklichen verleugnen? Die Männer, die mich heute verhaftet haben, sind dieselben, die euch gestern noch ihr Leben überließen. Und diese Erde, die mich verstößt, wird eines Tages nicht zögern, ihre Tyrannen zu verschlingen."

Der Scheich lachte laut auf, ein Lachen, das den jungen Mann herabwürdigen und seine Worte in der Menge ersticken sollte.

„Du Viehzüchter!", rief er verächtlich. „Glaubst du etwa, wir werden mehr Gnade zeigen als die Mönche, die dich aus dem Kloster geworfen haben? Glaubst du, wir empfinden Mitleid mit einem Aufrührer?"

Khalil hob den Kopf, sein Blick blieb ruhig.

„Ja, ich war ein Viehzüchter. Doch ich bin froh, dass ich kein Metzger war. Ich führte meine Herde auf grüne Weiden und ließ sie nicht auf ausgedörrtem Land umherirren. Ich führte sie zu reinen Quellen und hielt sie fern von giftigen Sümpfen. Und als die Nacht kam, brachte ich sie sicher in den Stall, statt sie als leichte Beute für Wölfe zurückzulassen. So behandelte ich meine Tiere. Hättest du dein Volk ebenso geführt, dann würden diese Menschen nicht in Elend und Kälte leben, während du wie Nero in deinem Palast sitzt und dich an ihrer Armut ergötzt."

Die Stirn des Scheichs glänzte plötzlich von Schweiß, sein Lächeln erstarrte und wurde zu Zorn. Doch er zwang sich zur Ruhe, als wäre Khalils Worte bloßer Lärm. Er hob die Hand und zeigte mit dem Finger auf den Gefangenen.

„Du bist ein Ketzer, und wir werden dein törichtes Gerede nicht weiter anhören. Du stehst hier nicht als Prediger, sondern als Verbrecher vor Gericht! Dies ist das Haus des Herrn dieses Dorfes – ich spreche mit der Autorität des Emirs Ameen Shehab. Und neben mir sitzt Vater Elias, ein Diener der Heiligen Kirche, deren Lehren du angegriffen hast. Nun, verteidige dich – oder knie nieder vor diesen Menschen, und wir werden dir vergeben und dich zu dem machen, was du einst warst: ein Viehzüchter."

Khalil blieb ungerührt.

„Ein Verbrecher kann nicht von einem anderen Verbrecher gerichtet werden, so wie sich ein Atheist nicht vor Sündern verteidigt."

Er wandte sich von seinen Richtern ab und blickte in die Menge, sprach mit fester, klarer Stimme:

„Meine Brüder, der Mann, den ihr den Herrn eurer Felder nennt, hat mich hierher gebracht, um mich vor euch in diesem Gebäude zu richten – einem Haus, das auf den Gräbern eurer Vorfahren errichtet wurde. Und der Priester, dem ihr euren Glauben anvertraut habt, ist hier, um mein Leiden zu vergrößern. Ihr seid von allen Seiten gekommen, um mich zu sehen, um mich leiden zu sehen. Ihr habt eure Hütten verlassen, um einen Gefangenen zu betrachten, gefesselt und wehrlos.

Ihr seid hier, um den verstoßenen Ketzer zu beobachten. Ich bin der Verbrecher, der aus dem Kloster geworfen wurde, der Fremde, den der Sturm in euer Dorf trieb. Doch wenn ihr mich schon richten wollt, dann hört erst meinen Protest. Seid nicht barmherzig – seid gerecht. Denn Gnade gebührt dem Schuldigen. Ein Unschuldiger aber verlangt nur eines: Gerechtigkeit.

Ich wähle euch nun als meine Geschworenen, denn der Wille des Volkes ist der Wille Gottes. Öffnet eure Herzen, hört aufmerksam zu – und verurteilt mich dann nach dem Gebot eures Gewissens.

Man hat euch gesagt, ich sei ein Ungläubiger, doch niemand hat euch gesagt, welche Sünde ich begangen haben soll. Ihr seht mich gefesselt, wie einen Dieb, doch habt ihr meine Vergehen gehört? In diesem Gericht werden keine Verbrechen aufgedeckt – nur die Strafe donnert wie ein unerbittlicher Sturm herab.

Mein Verbrechen, meine Brüder, ist mein Verständnis für euer Leid. Ich habe die Ketten gespürt, die eure Hälse beugen, die Last, die euch zu Boden drückt. Meine Sünde ist mein Mitleid mit euren Frauen, mit euren Kindern, die mit dem bitteren Geschmack der Not an euren Brüsten saugen. Ich bin einer von euch – mein Blut ist euer Blut, meine Vorfahren lebten und starben unter demselben Joch, das nun auf euren Schultern lastet.

Ich glaube an Gott, der die Schreie der Bedrängten hört, an das Buch, das uns alle vor dem Angesicht des Himmels zu Brüdern macht. Ich glaube an die Lehre, die keinen von uns zum Herrn über den anderen erhebt, die uns frei sein lässt auf dieser Erde – der Erde, die Gott selbst mit seinem Fuß berührt.

Als ich im Kloster meine Herden weidete und in der Stille über euer Schicksal nachdachte, hörte ich einen Schrei – nicht von einer einzelnen Stimme, sondern ein Klagelied aus euren Hütten, aus euren Feldern. Ich hörte den Seufzer der Unterdrückten, das Rufen der gebrochenen Herzen, die in euren Körpern gefangen sind wie Sklaven des Herren dieser Ländereien.

Und als ich euch ansah, erkannte ich: Ich stand in den Mauern des Klosters, während ihr auf den Feldern wart, gebeugt, schweigend, blind für eure eigene Kette. Ich sah euch wie eine Herde Lämmer, die dem Wolf in seine Höhle folgt. Ich stellte mich auf den Weg, ich schrie um Hilfe – doch der Wolf fletschte nur seine Zähne und sprang auf mich.

Ich habe Gefangenschaft, Hunger, Durst und Schmerz ertragen – nicht für mich, sondern für die Wahrheit, die den Körper schmerzt, doch die Seele befreit. Ich habe die Peitsche der Mönche erduldet, weil ich eure stummen Seufzer in eine Stimme verwandeln wollte, die durch die Hallen des Klosters widerhallt. Doch ich habe nie gezweifelt, nie gefürchtet – denn euer stummer Schrei gab mir die Kraft zu widerstehen.

Vielleicht fragt ihr euch jetzt: Wann haben wir je um Hilfe geschrien? Wer wagte es, seine Lippen zu öffnen?

Ich sage euch: Eure Seelen rufen jeden Tag, flehen jede Nacht – aber ihr hört es nicht. Der Sterbende vernimmt nicht das Rasseln seines eigenen Herzens, doch die, die an seinem Bett stehen, hören es. Der geschlachtete Vogel zuckt in seinen letzten Krämpfen, ohne es zu verstehen – doch die, die ihn sehen, wissen um seinen Schmerz.

Zu welcher Stunde des Tages leidet ihr nicht? Ist es am Morgen, wenn der neue Tag euch ruft und ihr müde aufsteht, um wie Sklaven das Feld zu betreten? Ist es am Mittag, wenn die Sonne brennt und ihr keinen Schatten findet? Oder am Abend, wenn ihr hungrig heimkehrt und euch nach Brot sehnt, doch nur einen trockenen Bissen und abgestandenes Wasser findet?

Oder ist es in der Nacht, wenn ihr euch in euer grobes Bett legt, nur um mit offenen Augen aufzuschrecken, weil die Stimme des Scheichs euch im Traum verfolgt?

Zu welcher Jahreszeit weint ihr nicht? Im Frühling, wenn die Erde in neuem Glanz erblüht und ihr in euren zerrissenen Kleidern auf sie blickt? Oder im Sommer, wenn ihr das Getreide erntet, die Garben in die Speicher eurer Herren schichtet – und euch am Ende nur das Unkraut bleibt? Oder ist es im Herbst, wenn ihr die Trauben lest, das Fass füllt – und euch dafür nur saurer Essig bleibt? Oder im Winter, wenn ihr in euren schneebedeckten Hütten friert und euch der Himmel zu zwingen scheint, aus eurer verzweifelten Welt zu fliehen?

Das ist das Leben der Armen. Das ist der Schrei, den ich höre, der mich aufrüttelt, der mich gegen eure Unterdrücker aufbegehren lässt. Als ich die Mönche bat, euch mit Gnade zu begegnen, nannten sie mich einen Atheisten und warfen mich hinaus. Heute bin ich hier, um mit euch zu leiden, um meine Tränen mit euren zu vermischen.

Doch begreift ihr nicht? Dieses Land, das ihr mit euren Händen bearbeitet, das ihr mit eurem Blut tränkt, gehörte einst euren Vätern! Es wurde ihnen genommen, als das Gesetz nicht in Worte geschrieben, sondern mit dem Schwert geschliffen wurde. Die Mönche betrogen eure Ahnen, stahlen ihnen ihr Land, ihre Weinberge – während die Gebote auf die Lippen der Priester geschrieben wurden.

Welcher Mann, welche Frau kann dem Herrn der Felder widerstehen, wenn er mit der Stimme der Priester spricht?

Gott sprach: Im Schweiße deines Angesichts sollst du dein Brot essen.

Doch Scheich Abbas isst sein Brot, das aus den Jahren eurer Arbeit gebacken wurde. Er trinkt seinen Wein, vermischt mit euren Tränen.

Hat Gott diesen Mann im Mutterleib über euch gestellt? Oder ist es eure eigene Schuld, dass ihr zu seinem Eigentum wurdet?

Jesus sagte: Frei habt ihr empfangen, frei sollt ihr geben. Besitzt weder Gold noch Silber noch Kupfer.

Welche göttlichen Lehren erlauben es dann den Geistlichen, ihre Gebete für Gold und Silber zu verkaufen?

Jede Nacht betet ihr: Unser tägliches Brot gib uns heute. Gott hat euch dieses Land gegeben, damit ihr euer Brot davon nehmt. Doch wo ist die Stimme, die euch antwortet, wenn ihr fragt: Mit welchem Recht nehmen uns die Mönche das Land und das Brot?

Ihr verflucht Judas, weil er seinen Meister für ein paar Silberstücke verraten hat – doch segnet ihr nicht täglich jene, die ihn immer wieder verkaufen? Judas erkannte seine Schuld und erhängte sich in Reue, doch diese Priester tragen ihre Verrätereien mit Stolz, geschmückt mit prächtigen Gewändern und leuchtenden Kreuzen auf der Brust. Ihr lehrt eure Kinder, Christus zu lieben, doch ihr zwingt sie, jenen zu gehorchen, die seine Lehren verhöhnen und sein Gesetz brechen.

Die Apostel wurden gesteinigt, damit der Heilige Geist in euch lebendig werde – doch die Priester ersticken diesen Geist, damit sie von eurer schwachen Ergebenheit leben können. Warum kniet ihr nieder vor diesen Götzen, die auf den Knochen eurer Väter errichtet wurden? Welche Zukunft bereitet ihr euren Kindern?

Eure Seelen gehören den Priestern, eure Körper den Herrschern. Welches Ding im Leben könnt ihr euer Eigen nennen?

Kennt ihr den Mann, den ihr Priester nennt? Er ist ein Verräter, der das Evangelium als Waffe nutzt, um euch auszurauben. Ein Heuchler, der das Kreuz trägt, doch es als Schwert benutzt, um eure Kehlen zu durchtrennen. Ein Wolf im Gewand eines Lammes. Ein Vielfraß, der den Tisch mehr ehrt als den Altar. Ein Goldhändler, der dem Denar folgt, wohin er auch rollt. Ein Betrüger, der Witwen und Waisen ausnimmt. Er ist ein Wesen mit dem Schnabel eines Adlers, den Klauen eines Tigers, den Zähnen einer Hyäne – und dem Lächeln einer Viper.

Nehmt ihm sein Buch, reißt ihm das Gewand vom Leib, schert seinen Bart, tretet ihn in den Staub – dann gebt ihm eine Münze in die Hand, und er wird euch lächelnd vergeben.

Schlagt ihm ins Gesicht, verflucht ihn, stoßt ihn zu Boden – dann ladet ihn zu eurem Tisch, und er wird seine Demütigung vergessen, sich setzen und seinen Bauch mit eurem Brot füllen.

Er verachtet die Frau und ruft: ‚Weiche von mir, Tochter Babylons!‘ – doch in der Stille der Nacht flüstert er sich selbst zu: ‚Besser heiraten als begehren.‘

Er sieht junge Männer und Frauen durch das Leben gehen, ihre Herzen voller Liebe, und erhebt die Hände zum Himmel: ‚Eitelkeit der Eitelkeiten, alles ist Eitelkeit.‘ Doch in der Dunkelheit klagt er über die Gesetze, die ihn an die Einsamkeit ketten.

Er predigt: ‚Richtet nicht, damit ihr nicht gerichtet werdet.‘ Doch er richtet jeden, der seine Heuchelei erkennt, und verdammt ihn, noch bevor der Tod ihn holt.

Er hebt den Blick zum Himmel, während seine Gedanken wie Schlangen durch eure Taschen kriechen.

Er nennt euch ‚geliebte Kinder‘, doch sein Herz kennt keine Liebe. Sein Lächeln gilt nie einem Kind, seine Arme haben nie ein Kleinkind gehalten.

Er sagt: ‚Haltet euch fern von irdischen Dingen, denn das Leben vergeht wie eine Wolke.‘ Doch er klammert sich an das Leben, beklagt das Vergehen des Gestern, fürchtet das Morgen.

Er bittet um Almosen, obwohl er selbst im Überfluss lebt. Wer gibt, wird öffentlich gesegnet, wer ihn abweist, wird im Verborgenen verflucht.

Im Tempel predigt er Barmherzigkeit, doch an seiner Tür stehen die Hungernden und Bettelnden – unsichtbar für ihn.

Er verkauft seine Gebete, und wer sie nicht kauft, wird aus dem Paradies verbannt.

Dies ist der Schatten, der euch von der Geburt bis zum Tod begleitet. Dies ist der Mann, der heute Nacht über mich richtet – nicht, weil ich gegen Gott gesprochen habe, sondern weil mein Geist sich gegen die Feinde Jesu aufgelehnt hat. Jenen Jesus, der alle liebte, der uns Brüder nannte, und der für uns am Kreuz starb.“

Khalil spürte, dass die Dorfbewohner ihm mit wachsendem Verständnis zuhörten. Seine Stimme wurde fester, sein Blick leuchtete, als er weitersprach: „Brüder, ihr wisst, dass Scheich Abbas von Emir Schehab, dem Vertreter des Sultans und Gouverneur dieser Provinz, zum Herrn eures Dorfes ernannt wurde. Doch sagt mir – hat jemand von euch jemals gesehen, dass diese Macht den Sultan zum Gott dieses Landes erhoben hat?

Diese Macht, meine Mitmenschen, ist unsichtbar, sie hat keine Stimme, doch ihr spürt ihr Gewicht auf euren Schultern, ihr tragt ihre Last in euren Herzen. Ihr verneigt euch vor ihr, und doch erhebt ihr jeden Tag eure Hände zum Himmel und betet: Vater unser im Himmel.

Ja, euer Vater, der im Himmel ist – er allein setzt Könige und Herrscher ein, denn er ist der Allmächtige, der über allem steht. Aber glaubt ihr wirklich, dass euer Vater, der euch liebt und euch durch seine Propheten den rechten Weg gewiesen hat, möchte, dass ihr unterdrückt werdet?

Glaubt ihr, dass der Gott, der den Regen vom Himmel sendet und die Saat im Herzen der Erde wachsen lässt, euch hungern lassen will, damit ein einziger Mann sich an den Gaben erfreut? Glaubt ihr, dass der Ewige Geist, der euch die Liebe der Frau, das Mitleid der Kinder und die Barmherzigkeit des Nächsten offenbart hat, euch einen Tyrannen schickt, der euer Leben lang auf euch lastet wie eine eiserne Kette?

Glaubt ihr, dass das Gesetz, das die Schönheit des Lebens erschaffen hat, euch einen Menschen senden würde, der euch dieses Glück versagt und euch in einen dunklen Kerker der Qual sperrt? Glaubt ihr, dass die Kraft eures Körpers, die euch von der Natur gegeben wurde, einem anderen gehören kann – einem Reichen, einem Herrscher, der nichts von eurer Mühsal weiß?

Ihr könnt das nicht glauben – denn wenn ihr es tättet, würdet ihr die Gerechtigkeit Gottes leugnen, der uns alle gleich erschaffen hat. Ihr würdet das Licht der Wahrheit verleugnen, das über alle Menschen scheint.

Warum kämpft ihr gegen euch selbst? Warum lasst ihr euer Herz sich gegen euren Körper erheben? Warum helft ihr denen, die euch versklaven, obwohl Gott euch frei auf diese Erde gesetzt hat? Wie könnt ihr eure Augen zum Himmel erheben, Gott Vater nennen – und dann den Kopf senken und einen Menschen Herr nennen? Wie könnt ihr, die ihr Söhne Gottes seid, es dulden, Sklaven der Menschen zu sein?

Hat Christus euch nicht Brüder genannt? Doch Scheich Abbas nennt euch Diener. Hat Jesus euch nicht in Wahrheit und Geist befreit? Doch der Emir hat euch zu Sklaven der Schande gemacht. Hat Christus euch nicht zum Himmel erhoben? Warum steigt ihr dann in die Finsternis der Unterwerfung hinab? Hat er nicht euer Herz erleuchtet? Warum verbirgt ihr dann eure Seelen im Schatten der Angst?

Gott hat eine leuchtende Fackel in eure Herzen gelegt – eine Flamme aus Wissen und Schönheit, die die Geheimnisse der Tage und Nächte erhellt. Es wäre eine Sünde, dieses Licht zu löschen und es in Asche zu begraben.

Gott hat euren Seelen Flügel gegeben, damit sie in den weiten Himmel der Liebe und Freiheit aufsteigen. Doch ihr stutzt euch selbst die Flügel, ihr lasst eure Seelen über die Erde kriechen wie Insekten."

Vater Elias' Bart bebte vor Zorn, als er mit schneidender Stimme rief: „Verleugnet ihr euren Herrn wegen einer ungläubigen Verbrecherin und einer schamlosen Ehebrecherin?"

Doch der älteste der Diener trat ruhig vor und erwiderte mit fester Stimme: „Wir haben Scheich Abbas lange gedient, um Brot und Obdach zu erhalten, aber wir waren nie seine Sklaven."

Dann nahm er seinen Mantel und seinen Turban ab, warf sie dem Scheich vor die Füße und fügte hinzu:

„Ich werde dieses Gewand nicht länger tragen, noch werde ich meine Seele im engen Haus eines Verbrechers gefangen halten."

Und einer nach dem anderen folgten ihm die übrigen Diener. Sie zogen ihre Gewänder aus und warfen sie auf den Boden, als wollten sie die Fesseln abstreifen, die sie so lange getragen hatten. Dann traten sie zur Menge, deren Gesichter nun nicht mehr von Furcht, sondern von einem neuen Glanz erfüllt waren – dem Licht der Wahrheit und der Freiheit.

Vater Elias spürte, dass seine Macht schwand. Ein dunkler Schatten huschte über sein Gesicht, und ohne ein weiteres Wort drehte er sich um und verließ den Ort. Doch während er davonging, hörte man ihn die Stunde verfluchen, in der Khalil dieses Dorf betreten hatte.

Ein starker Mann trat vor, löste Khalils Fesseln und wandte sich dann an den Scheich, der wie eine Leiche auf seinen Sitz gesunken war. Ohne zu zögern sprach er:

„Dieser gefesselte junge Mann, den du heute Abend als Verbrecher vor Gericht stellen wolltest, hat unsere niedergedrückten Herzen erhellt und unsere Seelen mit Wahrheit und Wissen erfüllt. Und diese Frau, die du durch den Priester als falsche Anklägerin beschimpfen ließest, hat das Verbrechen aufgedeckt, das du vor sechs Jahren begangen hast. Wir kamen hierher, um den Prozess eines schuldlosen Mannes zu sehen – doch nun hat der Himmel unsere Augen geöffnet und uns deine Grausamkeit gezeigt.

Wir werden dich verlassen und dich der Gerechtigkeit Gottes überlassen."

Ein Murmeln ging durch die Menge. Stimmen erhoben sich, eine nach der anderen.

„Lasst uns diesen Ort verlassen und nach Hause gehen!“, rief einer.

„Nein, lasst uns mit Khalil nach Rachels Haus gehen, um seine Weisheit zu hören!“, sagte ein anderer.

„Lasst uns seinen Rat einholen – er kennt unsere Not besser als jeder andere!“

Ein dritter rief: „Wenn wir Gerechtigkeit wollen, müssen wir den Emir um eine Anhörung bitten und ihm Abbas’ Verbrechen enthüllen.“

Und ein vierter forderte laut: „Lasst uns Khalil zu unserem Scheich machen und dem Bischof mitteilen, dass Vater Elias sich an diesen Verbrechen beteiligt hat!“

Während die Stimmen in den Ohren des Scheichs wie scharfe Pfeile widerhallten, erhob Khalil die Hände. Die Menge verstummte.

„Meine Brüder,“ sagte er sanft, „eilt nicht. Hört zu, und denkt nach. Ich bitte euch bei unserer gemeinsamen Liebe, nicht zum Emir zu gehen – ihr werdet dort keine Gerechtigkeit finden. Ein wildes Tier reißt nicht seinesgleichen, und kein Tyrann richtet einen anderen.

Geht auch nicht zum Bischof – er weiß längst, dass ein Haus, das in sich gespalten ist, dem Einsturz geweiht ist.

Und bittet den Emir nicht, mich zum Scheich zu ernennen – denn ein treuer Diener will nicht der Gehilfe eines bösen Meisters sein.

Wenn ich eure Güte und euer Vertrauen verdiene, dann lasst mich einfach unter euch leben. Lasst mich mit euch arbeiten, mit euch eure Sorgen und eure Freuden teilen. Ich will nicht euer Herr sein – ich will euer Bruder sein.

Denn wenn ich nicht einer von euch bin, wenn ich euch nicht diene, dann wäre ich ein Heuchler, der nicht nach seiner eigenen Predigt lebt.

Jetzt aber, da die Axt an die Wurzel des Baumes gelegt ist, lassen wir Scheich Abbas allein – allein im Gerichtssaal seines Gewissens, allein vor dem höchsten Richter, dessen Sonne gleichermaßen auf die Unschuldigen und die Verbrecher scheint."

Dann wandte sich Khalil ab und verließ den Raum. Und die Menge folgte ihm, als wäre eine unsichtbare Kraft in ihm, die ihre Herzen anzog.

Scheich Abbas blieb allein zurück, in einer Stille, die so schrecklich war, dass sie wie ein greifbarer Schatten über ihm lag. Er saß reglos da, wie ein gefallener Turm, in sich zusammengesunken, wie ein besiegter Feldherr, der sich seinem Schicksal ergibt.

Als die Menge den Kirchhof erreichte und der Mond gerade hinter den Wolken hervorkam, blieb Khalil stehen. Sein Blick glitt über die Dorfbewohner, voller Mitgefühl und Liebe – wie der eines Hirten, der über seine Herde wacht.

Er sah in ihnen mehr als nur ein kleines, befreites Dorf. In ihren Gesichtern erkannte er das Bild eines ganzen Volkes, das unterdrückt worden war, das den Mut zu kämpfen verloren hatte – und nun seine eigene Kraft wiederfand.

Und in diesem Moment stand er nicht nur als ein Mann vor ihnen, sondern als ein Zeichen, als eine Stimme, die den Ruf nach Gerechtigkeit über die Täler trug.

Er hob beide Hände zum Himmel, seine Stimme bebte in der kalten Luft: „Aus den Tiefen der Finsternis rufen wir dich an, oh Freiheit! Hör uns! Aus der Umklammerung der Nacht strecken wir unsere Hände nach dir aus, oh Freiheit! Sieh uns! Auf dem Schnee beten wir zu dir, oh Freiheit! Hab Erbarmen mit uns!

Vor deinem gewaltigen Thron stehen wir, gehüllt in die blutbefleckten Gewänder unserer Vorfahren, mit Staub und Asche bedeckt, vermischt mit den Überresten derer, die vor uns fielen. Wir tragen die Schwerter, die ihre Herzen durchbohrten, heben die Speere, die ihre Körper zerrissen, schleifen die Ketten, die ihre Schritte lähmten. Wir schreien den Ruf hinaus, der einst ihre Kehlen zerfetzte, klagen und wiederholen das Lied unserer Niederlagen, das durch die Kerkerhallen hallte, sprechen die Gebete nach, die aus der Tiefe ihrer verzweifelten Herzen kamen.

Hör uns, oh Freiheit, und erhöre uns!

Vom Nil bis zum Euphrat erklingt das Wehklagen der gequälten Seelen, im Einklang mit dem Schrei des Abgrunds. Von den fernen Küsten des Ostens bis zu den Gipfeln des Libanon strecken sich verzweifelte Hände nach dir aus, zittern in der Gegenwart des Todes. Von den Gestaden des Meeres bis an die Grenzen der Wüste blicken tränenerfüllte Augen flehend zu dir empor.

Komm, oh Freiheit, und rette uns!

In den elenden Hütten, verborgen im Schatten von Armut und Unterdrückung, schlagen sie sich an die Brust, flehen um deine Gnade. Beschütze uns, oh Freiheit, erbarme dich unser!

Auf den Straßen und in den Häusern ruft dich die verzweifelte Jugend an. In Kirchen und Moscheen ruft das vergessene Buch nach dir. In den Höfen der Paläste fleht das geschändete Gesetz um dein Erscheinen.

Erbarme dich unser, oh Freiheit, und rette uns!

Auf den Märkten verkauft der Händler seine Tage, um den gierigen Dieben des Westens Tribut zu zollen – und niemand warnt ihn. Auf den erschöpften Feldern beugt sich der Fellache über die trockene Erde, sät die Samen seines Herzens, tränkt sie mit seinen Tränen – doch erntet nichts als Dornen. Niemand zeigt ihm den Weg. Auf den staubigen Ebenen irrt der Beduine, barfuß, hungrig, vergessen – und niemand hat Erbarmen mit ihm.

Sprich, oh Freiheit, und lehre uns!

Unsere kranken Lämmer weiden auf kargem Land, unsere Kälber nagen an verdorrten Wurzeln, unsere Pferde fressen trockenes Gestrüpp. Komm, oh Freiheit, und hilf uns!

Seit Anbeginn der Zeit leben wir in Dunkelheit. Sie schleppen uns von Gefängnis zu Gefängnis, während die Jahre über unser Schicksal lachen. Wann wird die Morgendämmerung kommen? Wie lange müssen wir die Verachtung der Zeitalter ertragen? Wir haben Steine geschleppt, unzählige Joche auf unseren Nacken gelegt bekommen. Wie lange noch müssen wir diese menschliche Schande ertragen?

Die ägyptische Knechtschaft, das babylonische Exil, die Tyrannei der Perser, die Despotie der Römer, die Gier Europas – all dies haben wir erlitten.

Wohin sollen wir nun gehen? Wann endlich erreichen wir das Ende des steinigen Pfades?

Von den Klauen des Pharaos zu den Pfoten Nebukadnezars, in die eisernen Fäuste Alexanders, in die Schwerter des Herodes, in die Klauen Neros, in die gierigen Zähne des Dämons ... in wessen Hände fallen wir nun? Und wann wird der Tod uns holen, damit wir endlich ruhen können?

Mit der Kraft unserer Arme errichteten wir die Tempelsäulen. Auf unseren Rücken schleppten wir den Mörtel, um die gewaltigen Mauern zu errichten, die unbezwingbaren Pyramiden zu erheben. Wie lange noch sollen wir prächtige Paläste für unsere Herren bauen, während wir selbst in Elend hausen?

Wie lange noch sollen wir die Speicher der Reichen füllen, während wir unser Leben mit trockenen Krusten fristen?

Wie lange noch sollen unsere Hände Seide und Wolle für die Mächtigen weben, während unsere Körper in zerlumpten Fetzen zittern?

Durch ihre Bosheit haben sie uns entzweit, uns gegeneinander aufgewiegelt, um ihre Throne zu festigen und sich in ihrer Macht zu wiegen. Sie rüsteten die Drusen gegen die Araber, hetzten die Schiiten gegen die Sunniten, ermutigten die Kurden, die Beduinen zu schlachten, und brachten die Muslime dazu, mit den Christen zu streiten.

Wie lange noch soll ein Bruder seinen Bruder an der Brust seiner Mutter töten? Wie lange soll das Kreuz vom Halbmond getrennt bleiben vor den Augen Gottes?

Oh Freiheit, erhöre uns! Sprich nicht für viele, sondern für einen einzigen – denn ein kleines Feuer kann ein ganzes Land entzünden. Erwecke nur ein Herz mit dem Hauch deiner Flügel, denn aus einer einzigen Wolke bricht der Blitz hervor, der die Täler erhellt und die Gipfel in gleißendes Licht taucht. Vertreibe mit deiner Kraft die düsteren Wolken der Zwietracht! Stürze wie Donner herab und zerschmettere die Throne, die auf den Schädeln unserer Ahnen errichtet wurden!"

Seine Stimme hallte durch die Nacht, und die Menschen um ihn standen reglos, gebannt von seinen Worten, von einer unbekannten Kraft ergriffen.

„Erhöre uns, oh Freiheit!

Sei uns gnädig, Tochter Athens!

Rette uns, Schwester Roms!

Gib uns Weisheit, Gefährtin des Moses!

Hilf uns, Geliebte Mohammeds!

Lehre uns, Braut Jesu!

Stärke unsere Herzen, auf dass wir leben – oder verhärte die unserer Feinde, auf dass wir zugrunde gehen und endlich in ewigem Frieden ruhen!“

Als Khalil diese Worte in den Himmel sprach, sahen die Dorfbewohner ihn mit Ehrfurcht an. In ihren Herzen loderte ein neues Feuer auf, entzündet von der Glut seiner Stimme. Sie spürten, dass er nicht länger nur ein Fremder war – er war ein Teil von ihnen geworden.

Dann trat Stille ein. Khalil ließ den Blick über die Menge schweifen und sprach mit ruhiger Stimme: „Die Nacht hat uns vor die Tür von Scheich Abbas geführt, damit wir den Tag erkennen. Die Unterdrückung hat uns zusammengetrieben, damit wir einander verstehen, uns sammeln wie Küken unter dem Flügel des Ewigen Geistes. Doch nun lasst uns nach Hause gehen und ruhen, bis wir uns morgen wiedersehen.“

Er wandte sich ab und folgte Rachel und Miriam zu ihrer ärmlichen Hütte. Die Menge löste sich langsam auf, jeder kehrte heim, still versunken in die Worte, die er gehört hatte. Sie fühlten, dass eine brennende Fackel ihr Innerstes erhellt, ihr Denken verändert hatte.

Nach einer Stunde waren alle Lampen erloschen. Dunkelheit und Stille legten sich über das Dorf. Die Fellachen versanken im Schlaf, getragen von Träumen, die sie mit neuer Hoffnung erfüllten. Doch Scheich Abbas fand keine Ruhe. Gequält lag er wach, während die Schatten seiner Taten sich vor ihm erhoben – eine endlose Prozession der Verbrechen, die ihn verfolgten.

Zwei Monate vergingen. Khalil sprach weiterhin zu den Dorfbewohnern, seine Worte wie ein Fluss, der das vertrocknete Land durchtränkte. Er erinnerte sie an ihre geraubten Rechte, entlarvte die Gier und die Unterdrückung der Herrscher und Mönche. Sie lauschten ihm mit der Hingabe der Durstigen, die endlich eine Quelle gefunden hatten. Seine Worte fielen auf ihre Herzen wie sanfter Regen auf dürstende Erde.

In ihren einsamen Stunden wiederholten sie seine Lehren, murmelten seine Worte zwischen ihren Gebeten.

Vater Elias, der Priester, begann, sie umschmeichelnd zurückzugewinnen, doch es war zu spät. Sie hatten ihn durchschaut. Sie wussten nun, dass er der Komplize des Scheichs in seinen dunklen Geschäften war. Und so ignorierten sie ihn – so wie er einst ihr Leid ignoriert hatte.

Scheich Abbas wurde von seinen eigenen Dämonen gequält. Wie ein gefangener Tiger streifte er ruhelos durch sein Anwesen, seine Gedanken von Dunkelheit umwoben. Seine Befehle hallten wider, doch niemand antwortete, außer das Echo seiner eigenen Stimme zwischen den kalten Marmorwänden. Er schrie nach seinen Dienern, doch niemand eilte herbei – niemand außer seiner Frau, die unter seiner Härte ebenso litt wie das Dorf.

Als die Fastenzeit begann und der Himmel den Frühling verkündete, endeten auch die Tage des Scheichs mit dem Winter. Nach langem, qualvollem Ringen verließ ihn das Leben, und seine Seele wurde auf dem Teppich seiner Taten fortgetragen, nackt und zitternd, um vor jenem unsichtbaren, doch allgegenwärtigen Thron zu stehen, an den sich die Menschheit klammert.

Die Fellachen erzählten sich verschiedene Geschichten über sein Ende. Einige sagten, er sei im Wahnsinn gestorben, andere behaupteten, Enttäuschung und Verzweiflung hätten ihn in den Tod getrieben. Doch die Frauen, die seiner Witwe ihr Beileid aussprachen, erzählten eine andere Geschichte – eine, die in den Schatten der Nächte geflüstert wurde. Sie sagten, der Geist von Samaan Ramy habe ihn heimgesucht, ihn jede Nacht an den Ort getrieben, wo Rachels Mann vor sechs Jahren erschlagen aufgefunden worden war. Aus Angst, so erzählten sie, sei er gestorben.

Dann kam der Monat Nisan, der die Geheimnisse von Khalil und Miriam offenbarte. Die Dorfbewohner freuten sich über die Nachricht, die ihnen versprach, dass Khalil bleiben würde – nicht als Gast, sondern als einer von ihnen. Als die Kunde durch das Dorf zog, beglückwünschten sich die Menschen gegenseitig, denn Khalil war nun ihr Nachbar, ihr Bruder, einer von ihnen geworden.

Als die Erntezeit nahte, zogen die Fellachen auf die Felder. Sie sammelten Weizen und Mais, banden die Garben und füllten die Speicher. Doch diesmal war niemand da, um ihre Ernte zu beschlagnahmen, niemand, der die Früchte ihrer Arbeit in seine eigenen Behälter tragen ließ. Scheich Abbas war fort, und mit ihm war das alte Joch gefallen.

Jeder Mann erntete seine eigene Saat. Die Hütten, einst armselige Behausungen, füllten sich mit Weizen und gutem Wein, mit Öl und Früchten. Khalil war mitten unter ihnen – er half ihnen, erntete mit ihnen, kelterte mit ihnen, teilte ihre Mühen und ihre Freude. Er war ihnen gleich in allem, nur nicht in seiner Liebe und seinem unermüdlichen Geist.

Von diesem Jahr an, und bis heute, begannen die Menschen in diesem Dorf, ihre Ernte mit Freude einzuholen – nicht für andere, sondern für sich selbst. Das Land, das sie bestellten, die Weinberge, die sie pflegten, wurden ihr eigenes Eigentum.

Nun ist ein halbes Jahrhundert vergangen, und der Libanon ist erwacht.

Wer heute den Weg zu den Heiligen Zedern beschreitet, wird von der Schönheit dieses Dorfes gefesselt, das wie eine Braut an den Hängen des Tales thront. Die einst armseligen Hütten sind heute glückliche Heime, umgeben von fruchtbaren Feldern und blühenden Obstgärten.

Fragt ein Reisender nach der Geschichte von Scheich Abbas, wird ihm ein Dorfbewohner mit ruhiger Geste auf einen Haufen zerborstener Steine und zerfallener Mauern zeigen und sagen:

„Dies war der Palast des Scheichs – und das ist die Geschichte seines Lebens."

Und wenn er nach Khalil fragt, wird der Dorfbewohner seine Hand zum Himmel erheben und sprechen: „Dort lebt unser geliebter Khalil, dessen Geschichte von Gott mit leuchtenden Buchstaben auf die Seiten unserer Herzen geschrieben wurde – und die Zeit vermag sie nicht zu tilgen."

# NACHWORT

## EIN AUFSTAND IN PROSA – DIE GEBURT DER REBELLISCHEN STIMME

Am Anfang war nicht das Wort – am Anfang war das Schweigen. Ein Schweigen, das unterdrückte, zudeckte, versiegelte. Es lag auf den Schultern der Frauen, in den Blicken der Armen, in den Predigten der Mächtigen. Und dann kam ein junger Mann, kaum fünfundzwanzig Jahre alt, mit der Seele eines Sehers und der Zunge eines Poeten. Und er sprach.

*Rebellische Geister* erschien im Jahr 1908 – geschrieben auf Arabisch, veröffentlicht in New York, fern der Heimat, und doch mit dem Herzen in ihren Gassen. Es war Khalil Gibrans erstes öffentliches Bekenntnis zur Sprache des Widerstands. Kein lauter Schrei, sondern eine stille Erschütterung. Kein Manifest, sondern drei Erzählungen wie aufbrechende Wunden.

Zu jener Zeit lebte Gibran zwischen den Kulturen, zwischen den Kontinenten, zwischen den Rollen. In Boston, unter Einwanderern, spürte er das soziale Elend. In Beirut, in Erinnerung, hallten die Stimmen eines Landes nach, das seine Söhne früh in die Ferne trieb. Und in sich selbst trug er den Widerspruch zwischen glühendem Glauben und scharfem Zweifel – an Dogma, an Tradition, an jede Form von Macht, die das Herz versiegelt.

So schrieb er. Und es war, als würde er mit jedem Satz ein Fenster aufstoßen, das lange verriegelt war. Die Geschichten der Rebellischen Geister erzählen von Frauen, die nicht dürfen, was sie fühlen. Von Armen, die nicht zählen, obwohl sie tragen. Von Seelen, die gegen Mauern laufen – und sich dennoch nicht ducken.

Gibran schrieb mit Feuer – aber er zündete keine Häuser an. Er brannte für Würde, für Schönheit, für das Recht, sich zu entfalten wie eine Knospe im Frühling. Seine Prosa war weich und unerbittlich zugleich. Seine Worte beteten nicht, sie forderten auf – zum Hinsehen, zum Hinspüren, zum Denken.

In *Rebellische Geister* formt sich zum ersten Mal jenes Ethos, das Gibran durch sein ganzes Schaffen tragen sollte: Die Überzeugung, dass wahre Rebellion nicht mit Gewalt beginnt, sondern mit Erkenntnis. Dass Gerechtigkeit nicht ruft, sondern flüstert. Und dass eine Geschichte, wenn sie ehrlich erzählt wird, stärker sein kann als jedes Gesetz.

Dieses Buch war sein erstes Samenkorn. Klein, aber mit der Kraft, Mauern zu sprengen. Und so legte Gibran mit *Rebellische Geister* nicht nur den Grundstein seiner eigenen poetischen Mission – er entzündete eine Fackel, die auch anderen den Weg leuchten sollte.

## ZWISCHEN TRADITION UND AUFBRUCH – DIE REZEPTION DES WERKES

Als *Rebellische Geister* 1908 in New York erschien, war es mehr als ein literarisches Ereignis. Es war ein Zündfunke im Dämmerlicht der arabischen Moderne. In den Salons der Exilgemeinden wurde das Werk gelesen wie eine heimlich weitergereichte Botschaft. Und in der alten Heimat hallten seine Worte nach – wie ein Ruf aus weiter Ferne, der dennoch wie eine innere Stimme klang.

Für viele Leserinnen und Leser in der arabischen Welt war Gibrans Buch ein Schock. Zu offen sprach er über die Liebe der Frau, zu deutlich benannte er die Heuchelei religiöser Institutionen. In einer Zeit, in der Ehre wichtiger war als Ehrlichkeit und Tradition mehr zählte als Gefühl, stellte *Rebellische Geister* alles infrage, was lange als unantastbar galt.

Vor allem seine Darstellung weiblicher Figuren als denkende, fühlende, handelnde Menschen war revolutionär. Frauen waren bei Gibran nicht Sinnbilder oder Objekte – sie waren Subjekte. Trägerinnen von Schmerz, Würde und Sehnsucht. Es war eine leise, aber nachhaltige Entthronung der patriarchalen Erzählung.

Konservative Kreise reagierten empört. Man warf Gibran vor, er zersäge das moralische Fundament der Gesellschaft. Man las seine Geschichten als Provokation – doch sie waren viel eher ein Spiegel. Und dieser Spiegel zeigte, was man lange nicht sehen wollte: die Ungerechtigkeit gegenüber den Schwachen, die Ohnmacht der Armen, das Verstummen der Frauen.

Gleichzeitig wurde das Werk auch gefeiert – vor allem in den Kreisen der mahjar-Bewegung, jener Schriftsteller:innen in der arabischen Diaspora, die versuchten, ihre alte Kultur mit den Ideen der Neuen Welt zu verbinden. Für sie war Gibran ein Vorbild: mutig, geistreich, eigenständig. Er schrieb in der Sprache ihrer Herkunft – aber mit dem Geist ihrer Sehnsucht nach Veränderung.

*Rebellische Geister* war ein Grenzwerk. Es stand zwischen Welten, zwischen Epochen, zwischen Formen. Es war arabisch in Klang und Mythos, westlich in Aufbruch und Gestus. Und es kündigte etwas an, das erst später mit voller Kraft in Erscheinung treten sollte: Gibrans einzigartigen Ton, der Spiritualität und Gesellschaftskritik, Poesie und Philosophie, Mitgefühl und Mut in sich vereint.

Im Westen blieb das Werk lange unbeachtet. Erst mit der zunehmenden Bekanntheit Gibrans durch seine späteren englischen Schriften begann man, auch seine arabischen Wurzeln zu entdecken. Heute wird *Rebellische Geister* als Meilenstein der modernen arabischen Literatur gelesen – als frühe Stimme, die Fragen stellte, bevor Antworten modern wurden.

Es ist ein Werk, das nicht nur einen Zeitgeist spiegelt, sondern ihm voraus ist. Denn seine Themen – Gerechtigkeit, Selbstbestimmung, Mitmenschlichkeit – sind nicht gebunden an Ort oder Epoche. Sie sind universell.

Und so bleibt *Rebellische Geister* ein Werk, das aufwühlt, nicht durch Lautstärke, sondern durch Wahrhaftigkeit. Ein Buch, das nicht verurteilt, sondern enthüllt. Und das bis heute im Leser einen Funken entzünden kann – jenen Funken, der die Seele wissen lässt: Es ist erlaubt, aufzubrechen.

## DER FUNKE, AUS DEM FLAMMEN WERDEN – VOM REBELLEN ZUM PROPHETEN

In Rebellische Geister brennt es. Leise, aber unaufhaltsam. Es ist das Feuer des Anfangs, das nicht zerstört, sondern erhellt. Der junge Gibran, der hier spricht, ist noch kein Prophet – aber er trägt den Mantel der Wahrheit schon über der Schulter, lose, tastend, bereit.

In diesen frühen Erzählungen liegt der Same von allem, was kommen wird. Die Themen, die später in *Gebrochene Flügel* aufblühen und in *Der Prophet* wie ein leuchtender

Baum dastehen, wurzeln hier im rauen Boden der Realität: Freiheit, Liebe, Schmerz, Menschlichkeit.

Doch während *Rebellische Geister* noch mit dem Blick auf das Äußere beginnt – auf Gesellschaft, Moral, Ungerechtigkeit –, wendet sich Gibrans Schreiben bald nach innen. Der Weg vom Rebellen zum Propheten ist kein Widerspruch, sondern ein Reifungsprozess: von der Empörung zur Erkenntnis, von der Klage zur Vision.

Die Feder, mit der er hier noch anklagt, wird später zum Werkzeug der Heilung. Der Zorn wird stiller, aber tiefer. Und doch bleibt der Kern derselbe: eine radikale Liebe zum Menschen. Eine Liebe, die sich nicht beugt vor Konventionen. Eine Liebe, die trösten will – aber nicht ohne zuvor aufzurütteln.

Wenn man *Rebellische Geister* heute liest, erkennt man: *Der Prophet* war nie weit entfernt. Er saß bereits in den Schatten dieser Geschichten, hörte zu, wartete. In den gebrochenen Frauenstimmen, in der Anklage gegen Gleichgültigkeit, in den Bildern von Licht und Dunkel zeichnet sich schon jener Ton ab, der später die Welt umarmen wird.

Gibran wurde oft missverstanden. Als Moralist. Als Schwärmer. Als Mystiker ohne Bodenhaftung. Doch in Wahrheit war er ein Mensch, der hinsah – so tief, dass es schmerzte. Seine Spiritualität wuchs nicht im Himmel, sondern in den Wunden der Welt. Und *Rebellische Geister* ist das erste Dokument dieser Aufmerksamkeit, dieser Unruhe, dieses Schmerzes, der zur Vision wurde.

Heute – mehr als ein Jahrhundert später – lesen wir diese frühen Erzählungen mit neuen Augen. Und vielleicht entdecken wir in ihnen auch etwas von uns selbst:

den Zweifel, die Sehnsucht, den Wunsch, etwas zu sagen, das bleibt.

Denn das ist es, was Gibran uns lehrt: Dass ein Wort, wenn es aus der Wahrheit kommt, stärker sein kann als jede Mauer. Und dass aus einem einzelnen Funken, gesetzt auf die Seite eines Buches, ein Licht werden kann – für viele, für lange, vielleicht für immer.